U0068938

現代日語詞彙教程

【李進守 編著】

鴻儒堂出版社

前　言

　　多年來，不論在大陸還是在台灣，學習和研究日語的人逐年增多，日語在中國的外語教學中，已成爲僅次於英語的重要外語語種。但是作爲日語教學中的重要一環，即日語詞彙教學和研究，至今還沒有形成一個較爲完整的系統。

　　爲了滿足廣大日語學習者的需要，本人根據歷年來在日語詞彙教學上的教案整理了本書，而爲以求更完整，內容更充實、豐富，這些教案的主要依據是『にっぽんご　6　語い』(教科研・群馬国語部会・語い研究サークル著　むぎ書房) 一書。

　　本書較偏重於它的實用性，講解也力求通俗易懂，深入淺出，藉以使讀者通過本書的學習，能夠較有系統地瞭解和掌握有關日語詞彙在產生、組成、演變和實用方面的知識。

　　此次能有機會在台灣出版此書，能夠爲鄉親的日語學習者提供服務，本人深感欣慰。

　　本書的編寫，如有不當之處，謹請讀者予以批評指正。

　　　　　　　　　　　　　　　　　　　　李進守　　謹識
　　　　　　　　　　　　　　　　　　　　一九九九年元月

目　　錄

第一章　日語與日語詞彙…………………………………… 1

第一節　日語的特徵……………………………………… 1

第二節　單詞與詞彙……………………………………… 4

   1. 單詞與詞彙………………………………………… 4

   2. 單詞的詞彙性質…………………………………… 6

第三節　詞彙研究………………………………………… 9

第二章　詞　　義……………………………………………11

第一節　詞義是單詞的內容………………………………11

   1. 帶一般含義的單詞…………………………………11

   2. 帶有特定含義的單詞………………………………12

第二節　多義詞……………………………………………13

   1. 詞義的變化…………………………………………13

   2. 單詞的多義性………………………………………15

   3. 本義與派生義之間的關係…………………………19

第三節　比　喻……………………………………………22

   1. 比喻的目的…………………………………………22

   2. 日語種種比喻法……………………………………22

第三章 詞　　類……………………………………27

第一節　單詞的分類…………………………………27
第二節　名詞　連體詞　代詞　指示詞 ——"こそあど"
　　　　詞　數詞………………………………………28
　　1. 名　詞…………………………………………28
　　2. 連體詞…………………………………………31
　　3. 代　詞…………………………………………31
　　4. 指示詞 —— "こそあど"詞……………………32
　　5. 數　詞…………………………………………38
第三節　動　詞………………………………………40
　　1. 動詞的性質……………………………………40
　　2. 自動詞和他動詞………………………………43
　　3. 單純動詞和複合動詞…………………………45
　　4. 意志性動詞和非意志性動詞…………………46
　　5. 和語動詞　漢語動詞　外來語動詞…………47
　　6. 動詞的作用……………………………………49
第四節　形容詞　形容動詞…………………………50
　　1. 形容詞、形容動詞的性質……………………50
　　2. 形容詞、形容動詞的對應關係………………53
　　3. 形容詞的構造…………………………………54
第五節　副　詞………………………………………57
　　1. 情態副詞………………………………………57

2. 程度副詞……………………………………58

3. 敍述副詞……………………………………60

4. 表示時間的副詞……………………………62

5. 表示數量的副詞……………………………63

6. 漢語副詞……………………………………63

第六節　擬聲詞　擬態詞　情態詞………………66

1. 擬聲詞………………………………………66

2. 擬態詞………………………………………66

3. 情態詞………………………………………67

4. 擬聲詞　擬態詞　情態詞的構造…………69

5. 擬聲詞　擬態詞　情態詞的構詞力………70

6. 擬聲詞　擬態詞　情態詞的特徵…………71

7. 擬聲詞　擬態詞　情態詞的節奏拍數……71

8. 爲什麼日語有較多的擬聲詞和擬態詞……72

第七節　連　詞……………………………………74

1. 什麼是連詞…………………………………74

2. 意義上的分類………………………………75

3. 連詞的用法…………………………………76

第八節　感嘆詞……………………………………77

第九節　詞類的轉換………………………………78

1. 什麼叫詞類的轉換…………………………78

2. 詞類的轉換法………………………………79

第四章　單詞的體系……………………………88

  1.　各個單詞間的聯繫………………………88

  2.　單詞的含義聯繫…………………………89

 第一節　同義詞…………………………………89

  1.　完全相同的同義詞是沒有的……………89

  2.　多義詞裡的同義詞………………………93

 第二節　反義詞…………………………………96

  1.　意義完全相反的反義詞…………………96

  2.　漢語單詞的反義詞………………………98

 第三節　同音詞　同形詞………………………99

  1.　同音詞……………………………………99

  2.　同形詞………………………………… 104

 第四節　上下位詞…………………………… 106

  1.　什麼是上下位詞………………………… 106

  2.　上下位詞在語言中出現的情況………… 106

第五章　單詞的語體………………………… 109

 第一節　口　語……………………………… 109

 第二節　書面語……………………………… 112

  1.　一般書面語……………………………… 112

  2.　書信用語………………………………… 114

  3.　雅　語…………………………………… 120

第三節　俗　語……………………………………… 120

第四節　應避免使用的詞語………………………… 122

   1. 蔑視語……………………………………… 122

   2. 黑　話……………………………………… 123

   3. 忌諱語……………………………………… 124

第六章　敬語與敬語詞彙………………………… 125

第一節　尊敬語……………………………………… 125

第二節　謙讓語……………………………………… 127

第三節　鄭重語……………………………………… 128

第七章　特定階層用的詞語……………………… 134

第一節　男性用語與女性用語……………………… 134

第二節　因年齡、階層不同而用詞不同…………… 139

   1. 幼兒用詞…………………………………… 139

   2. 一般詞語與老人用語……………………… 141

   3. 學生用語…………………………………… 141

第三節　專業用語…………………………………… 142

第八章　和語詞、漢語詞、外來語……………… 146

第一節　和語詞……………………………………… 146

   1. 和語詞的特徵……………………………… 146

   2. 和語詞的書寫……………………………… 150

第二節　漢語詞……………………………………………… 151

　　1.　日語裡的漢語詞………………………………………… 151

　　2.　漢語詞的書寫…………………………………………… 153

　　3.　漢語詞的讀法…………………………………………… 157

　　4.　漢語詞的作用…………………………………………… 162

　　5.　漢語詞的語體…………………………………………… 164

　　6.　漢語詞的含義…………………………………………… 165

　　7.　漢語詞的特徵…………………………………………… 167

第三節　外來語……………………………………………… 168

　　1.　什麼叫外來語…………………………………………… 168

　　2.　外來語的來源…………………………………………… 169

　　3.　外來語的書寫…………………………………………… 174

　　4.　外來語的發音…………………………………………… 177

　　5.　外來語的含義…………………………………………… 178

第四節　"語種"混合詞…………………………………… 181

第九章　構詞法……………………………………………… 183

第一節　單純詞……………………………………………… 183

第二節　複合詞……………………………………………… 185

　　1.　什麼是複合詞…………………………………………… 185

　　2.　複合詞的構造…………………………………………… 185

　　3.　複合詞的詞類…………………………………………… 188

　　4.　複合詞的詞類和含義…………………………………… 192

5. 複合詞的"連濁"、"轉音"和"連聲"………… 195

第三節　派生詞……………………………………… 201

1. 接頭詞…………………………………………… 201

2. 接尾詞…………………………………………… 205

第四節　略　語……………………………………… 210

1. 略　語…………………………………………… 211

2. 略語法…………………………………………… 211

第十章　慣用句和諺語……………………………… 215

第一節　什麼是慣用句……………………………… 215

1. 慣用句…………………………………………… 215

2. 慣用語…………………………………………… 217

第二節　慣用句的性質……………………………… 217

第三節　慣用句的分類……………………………… 219

1. 如何分類慣用句………………………………… 219

2. 慣用句裡的單詞………………………………… 225

第四節　慣用句的詞類結構………………………… 226

第五節　諺　語……………………………………… 231

1. 什麼是諺語……………………………………… 231

2. 日語諺語的形式和比喻………………………… 232

3. 諺語的種類……………………………………… 233

4. 諺語和慣用句、成語…………………………… 234

第十一章　詞彙在發展‧‧ 235

　第一節　詞彙的變化‧‧ 235

　　1.　廢語與古語‧‧ 235

　　2.　詞彙的發展‧‧ 236

　第二節　詞形的變化‧‧ 237

　第三節　新詞與流行語‧‧‧‧‧‧‧‧‧‧‧‧‧‧‧‧‧‧‧‧‧‧‧‧‧‧‧‧‧‧‧‧‧‧‧‧ 239

　第四節　標準語與方言‧‧‧‧‧‧‧‧‧‧‧‧‧‧‧‧‧‧‧‧‧‧‧‧‧‧‧‧‧‧‧‧‧‧‧‧ 241

　　1.　日本的方言‧‧ 241

　　2.　產生方言的原因和特點‧‧‧‧‧‧‧‧‧‧‧‧‧‧‧‧‧‧‧‧‧‧‧‧‧‧‧‧ 241

　　3.　表現在詞語、語法上的差異‧‧‧‧‧‧‧‧‧‧‧‧‧‧‧‧‧‧‧‧‧‧ 242

　第五節　語　源‧‧ 246

附錄「從日語裡吸收的漢語外來語」‧‧‧‧‧‧‧‧‧‧‧‧‧‧‧‧‧‧‧‧‧ 252

第一章　日語與日語詞彙

第一節　日語的特徵

一種語言的特徵、性格，一般從它的語音、文字、詞語和語法等方面來看。日語的特徵、性格，我們可以從下述幾個方面來看。

日語的音節（即發音單位）由一個一個的音組成，即原則上爲"一個輔音＋一個元音"，以元音結束（漢語以元音、輔音結束的都有）。因此，構造和發音較單純，而且容易寫成文字。現代日語一般以漢字和平假名來書寫，必要時則插入片假名和羅馬字。在句子中，有重要意義的詞一般用漢字書寫。

日語詞彙又有何特徵和性格呢？它主要由漢語詞彙、和語詞彙和日益增多的外來語（即カタカナ語）組成，可謂複雜而豐富。就其內容而言，一、表示自然界、季節、植物、魚類等的詞語；二、表示人與人之間的社會關係的詞語，如敬語、授受詞語、男女用語等詞語；三、表示人的心理狀態的詞語；四、擬聲詞、擬態詞；五、外來語，以上這些詞語都是很豐富的，特別是表示自然界、季節、植物等的詞語。這是因爲日本是個島國，受颱風等自然威脅較多，對自然條件的變換較敏感。敬語（尊敬語、謙讓語等）繁多和男女用語的不同等，都是與日本的社會制

度、家族制度有關。所謂カタカナ語的外來語多，是與它的開放政策和日本民族善於學習外國的新事物有密切關係。

日語語法又如何呢？日語的詞是借助助詞來表示主格、賓格、補格等概念的相互關係的，可以正確地表達誰、何時、何地、對誰做什麼等等。日語動詞、形容詞等用言有詞形變化。這與漢語的動詞、形容詞有很大區別。在日語句子裡，詞的順序通常是：主語→賓語、補語→謂語（漢語則是主語→謂語→賓語、補語）。修飾語→被修飾語。

就詞語的數量而言，由於日語傳統的和語詞彙數量較少，特別缺少抽象的、概括性的詞語，因此，日本人借助大量的漢語詞詞語，如："植物"、"動物"、"忠"、"孝"、"社会"、"主義"等。到了近代，爲了要吸收西方的文明和技術，又吸收了不少西方外來語，如："パン"、"バター"、"ジャム"、"シック（な）"、"アリバイ"、"マネージャー"、"チェックイン"、"チェックアウト"等等。這樣，日語詞彙大量增加了。日本平凡社出版的《大事典》收錄的詞彙達70萬之多。普通辭典一般也收錄5～6萬個詞彙。

詞彙豐富，對使用其語言的本國人來說是有利的，因爲在表達上選擇的餘地大，較自由。但另一方面，要掌握大量的詞彙就得花較多的時間。據日本語言學者石黑修教授的調查，一個國家的人民，要達到基本能讀、能寫本國語言所需要的時間，大致爲：

義大利語——2年　　　德語——3年

英語——5年　　　日語——8年

又據日本《現代雜誌 90 種の用語用字》一書所載，要聽懂日語日常會話的百分之九十六，得記住22,000個詞語。而同樣要聽懂這個百分比，法語祇要記住5,000個詞語即可。據此，要掌握相當的日語水平，看來不是輕而易舉的。

對外國人而言，學習日語之所以較難的原因，看來有如下兩點：

一、日語中漢語詞彙多，以《例解国語辞典》和《角川国語辞典》兩部辭典爲例，分別占53.6％和52.9％[1]。而日文裡的每個漢語詞都有音讀、訓讀之分。這給外國人學日語帶來很大困難。

二、日語裡有不少習慣說法，而有些習慣說法看來不大符合邏輯。如：

不符合邏輯，但習慣上是這樣說的	符合邏輯，但又不那麼說的（除末句）
ぼくはうなぎにするよ	ぼくはうなぎどんぶりにするよ／を取るよ
あの料理屋はうまいよ	あの料理屋の料理はうまいよ
自動車にぶつかる（＝人が自動車にぶつかる）	自動車が人にぶつかる
東京駅行き（のバス）	東京駅前行き（のバス）

（注）還可以參見 P.246 之(3)的一些例句。

不言而喻，由日本人習慣的思維方式產生的這種不符合邏輯或模糊的表達方式，給外國人學日語增加了更多的困難。但如果

---

①引自《図説日本語》，角川書店，1982版，P.60。

從語言學習的角度而言，①通過瞭解、掌握日語的特徵、性格，就能更有效地掌握和使用日語；②同樣通過瞭解、掌握日語的特徵、性格，就可以與本族語言對照，找出共同點和差異，從而更有效地掌握和使用日語。因為日語與漢語比較，盡管日語裡有著大量的漢語詞語，從語言的本質上看，完全是另一個系統的語言。因此，要掌握日語，這兩點看來很重要。

第二節　單詞與詞彙

1. 單詞與詞彙

組成句子（文・センテンス）的各個詞，叫做單詞（單語）。單詞是最小的語言單位。日語單詞有獨立詞（自立語）和附屬詞（付属語）之分。獨立詞具有獨立的意義，在句中有獨立的能力，而附屬詞沒有獨立的意義，在句中不能獨立存在，祇能附屬於獨立詞的後面起語法作用。各個單詞分別表示事物或其動作、存在、作用或說明事物的性質、狀態等。不論哪一種語言，都是由許多單詞和單詞的等價物──詞組（熟語）匯集而成的。這些匯集的單詞（包括詞組）叫做詞彙（語彙）。也就是說，詞彙是指一種語言的所有單詞的總和。詞彙和單詞（包括詞組）的關係是整體和個體的關係。人們常把詞彙中某一特定部分叫做“某某詞彙”，如：“基本詞彙（基本語彙）”，“一般詞彙（一般語彙）”，“口語詞彙（話し言葉）”，“書面語詞彙（書き言葉）”，等等。日語單詞的總和，叫做“日語詞彙（日本語の語彙”）。

机の 上に 本が 三冊 開いて 置いて あります。

（桌子上放著三本翻開的書）——（句子）

机 上 本 三冊 開く 置く ある——（單詞—本書

祇以獨立詞爲對象）

現代日語的詞彙量，根據日本國立國語研究所的各種調查，
約有4萬個。該研究所日語教育中心第一研究室，於1980年將其
中的2101個單詞選定出來，作爲對外國人進行日語教學的基本
詞彙。

基本詞彙在詞彙中所占的比例不大，但它卻是詞彙的核心部
分。因爲人們在語言實踐中，是離不開基本詞彙的。詞彙中基本
詞彙以外的部分爲一般詞彙。一般詞彙比基本詞彙多得多，內容
也複雜。

在句子裡的日語單詞，根據它所起的作用，名詞改變其後續
的助詞，用言改變其形態。

本がある。（有書） 本を開く。（翻開書） 本にす
る。（寫成書）

ケーキを食べた。（吃了西點）

ギョーザを食べよう。（吃餃子吧）

リンゴを食べる。（吃蘋果）

パンを食べなさい。（吃麵包吧）

單詞在句子裡起語法上的作用的，叫做語法意義（文法的な
性質）。上述例句中"本"這個單詞，在句子裡可以以"本
が"、"本を"、"本に"等語法形式表示主格、目的格、補

格，"食べる"可以"食べた"、"食べよう"、"食べなさい"等來表示完了、意志、命令。

2. 單詞的詞彙性質

單詞有種種詞彙性質。

(1) 日語單詞是由一定的音組成的。如"耳"是由"みみ"這兩個音而不是由"みは"、"みて"等其他音組成，"茶"是由"ちゃ"這個音組成，而不是由"ちや"、"じゃ"等其他音組成。也就是說，每個單詞都有它固定的讀音。

由一個音組成的：

め（目） は（歯） て（手） ご（五・語・碁） こう（幸・里・高……） ちょう（町・蝶） ショーニュー……

由兩個音組成的：

みみ（耳） はな（鼻） くち（口） きしゃ（汽車） ケーキ モーター いく（行く） こす（越す） みる（見る） よい（良い）……

由三個音組成的：

さかな（魚） さくら（桜） キャベツ キッチン ひこうき（飛行機） うごく（動く） ならう（習う） ながい（長い） しろい（白い）……

由四個音組成的：

せんばい（専売） たなばた（七夕） ならわし（習わ

し）　テトロン　エピソード　かくれる（隠れる）　か
けよる（駆け寄る）　しかくい（四角い）……

由五個音組成的：

こしらえる　こしかける（腰掛ける）　うつくしい（美
しい）……

由六個以上的音組成的：

そなえつける（備え付ける）　てらしあわす（照し合わ
す）　そらぞらしい（空々しい）……

てらしあわせる（照し合わせる）　はたらきざかり（働
き盛り）……

(2)　這些音表示它所指稱的客觀事物、現象或其動作、性
質。也就是說，每個單詞除了上述有它的讀音外，還有它的意
義。可以說單詞是聲音和意義的結合。如"にわとり"表示家禽
中的一種——雞，"笑う"表示露出愉快的表情，發出歡喜的聲
音。換言之，每個單詞的音都表示固定的詞義。

ひと（人）　うし（牛）　きんぎょ（金魚）　とり
（鳥）……（動物）

でんしゃ（電車）　きしゃ（汽車）　ふね（船）　りょ
かっき（旅客機）……（交通工具）

やま（山）　かわ（川）　のはら（野原）　まち（町）
こうえん（公園）　えきまえ（駅前）……（場所，地點）

にく（肉）　やさい（野菜）　ビスケット　ラーメン
ヨーグルト……（食品）

あるく（<u>歩く</u>）　すわる（<u>座る</u>）　もつ（<u>持つ</u>）　うたう
（<u>歌う</u>）　たたむ（<u>畳む</u>）　ねむる（<u>眠る</u>）……（動作，
行爲）

かるい（<u>軽い</u>）　ちいさい（<u>小さい</u>）　おとなしい（<u>大人
しい</u>）　きれい　じょうぶ（<u>丈夫</u>）……（性質，狀態）

(3)　有的單詞是由一個要素組成的，但也有由兩個要素組成
的。（詳見第九章第一節）

やま　かわ　はな　ゆっくり　まさか……（由一個要素組
成）

上述這一類單詞分別由兩個以上音組成完整的一個詞，故不
能分開。

よこがき（横書き）　ひるめし（昼飯）　あるきまわる
（歩き回る）　はしりだす（走り出す）　しおからい（塩
辛い）　うすあかい（うす赤い）……（由兩個要素組成）

以上單詞可以分開。如"ひるめし"可以分成"ひる"和
"めし"兩個要素。

(4)　日語單詞根據其來源可分爲三類。

〔和語詞〕　さけ　なべ（鍋）　やどや（宿屋）　きも
の（着物）　しぐれ（時雨）　さみだれ（五月雨）……

〔漢語詞〕　せいぼ（歳暮）　にんげん（人間）　ひに
くる（皮肉る）　りきむ（力む）　ふとん（布団）……

〔外來語〕　インスタント　プライバシー　ウール
トップ　ニュース　ガーゼ　グラム　メートル　……

(5) 有的單詞，其使用範圍是有限的。

〔書面語〕　えんろ（遠路）　ほんじつ（本日）　ゆえ
に（故に）　しゅうしゅうする（収集する）　みのりのあき
（実りの秋）　こくしょのみぎり（酷暑の際）　たそがれ（黄
昏）　なりわい（生業）　いさりび（漁り火）　いつくしむ
（慈しむ）　いとけない（幼けない）　おとめ（乙女）　あゆ
む（歩む）　つどう（集う）　かわず（蛙）　やまい（病
い）……

〔俗語〕　うんと（＝たくさん）　いかす（＝なかなか
いい）　かっこいい（＝すばらしい）　てくる（＝歩く）　が
き（＝子供）　ひるめし（＝ひるごはん）　きせる（＝不正乗
車）……

第三節　詞彙研究

詞彙學指的是研究詞和詞彙的科學。一般認為，它研究詞的
性質、詞的構成、詞義的本質、詞義的發展、詞的各種關係、研
究詞彙的劃分、關係、發展，等等。

日本對日語詞彙學的研究，一般認為是 1950 年前後開始
的，較之日語語法學、日語語音學等的研究，起步晚很多。對日
語詞彙學的研究，有下列各課題，迄今為止，尚未充分做到體系
化。

對日語詞彙在體系上的研究

對日語基本詞彙的研究

推算日語詞彙總數量的研究

從和語詞、漢語詞、外來詞的角度研究日語詞彙結構

不同階層對單詞的運用有何差異以及其對應關係的研究

對詞和詞彙的發展情況的研究

比較研究方言與標準語、日語與外國語有何異同

詞彙在心理學、社會學、電子計算機上的應用的研究

對詞義、詞形的研究

對辭典的研究，等等。

第二章　詞　　義

第一節　詞義是單詞的內容

1. 帶一般含義的單詞

　　正如第一章所述，每個單詞都有它的讀音和意義。讀音是單詞的形式，意義是單詞的內容。單詞的讀音和意義是密切相關的。正因為這樣，辭典裡均以"注音"和"釋義"來反映詞的面貌。某個單詞所指稱的事物或動作，具有共同的一般性的意義，這就是該詞的含義。詞義是人們思維活動的成果，是客觀事物、現象、關係等在人們頭腦中的概括認識或反映。如"自動車"這一單詞可以指稱公共汽車、小轎車、小客車、卡車、救護車、消防車、冷凍車等各種類型的汽車。而它的含義是"用內燃機做動力來運載人或貨物的交通工具"。"泳ぐ"指的是"人或動物在水上或水裡用手腳、鰭等游泳"。這種含義是詞的一般含義，也就是對象含義。

　　自動車を運転する。（開汽車）

　　君はこの川を泳いで渡れる？（你能游過這條河嗎），（人用手腳游泳）

　　さかなが水の中で泳いでいます。（魚兒在水裡游）（魚用鰭游泳）

水鳥が水の上を泳ぐのが見えます。（可以看到水鳥在水上
游）（水鳥用蹼游泳）

2. 帶有特定含義的單詞

我們研究日語詞彙的意義時，除了應該注意上面提到的語法
意義和一般含義外，還應該注意到有的單詞尚有它特定的感情色
彩——修飾含義。如：

普通詞 （一般的含義）	尊敬語 （褒義）	蔑視語 （貶義）	親密語 （親昵）
食べる	めしあがる あがる	食らう	
年寄り	ご老人	おいぼれ	じいちゃん ばあちゃん
みち子	みち子さん みち子さま		みっちゃん
行く	いらっしゃる	行きやがる	
死ぬ	亡くなる	くたばる	

〔練習〕

一、請指出下列有劃線的各個詞語的具體含義。

① さくら丸はいかりをあげた。船の乗員は50名である。

② 原油をつんだ船がみなとにはいってきた。

③ わたし場に船がはいってきたので、みんなはいそいで乗
り込んだ。

④ お客さんがかえるから、自動車をよんでください。

－12－

⑤　さかなをつんだ<u>自動車</u>が市場についた。

⑥　<u>子ども</u>はふたりです。

⑦　そんなやさしいことは、<u>子ども</u>でもわかります。

⑧　からだがよわいので、<u>子ども</u>をつくるのをやめました。

⑨　おとうとにお菓子を<u>やる</u>。

⑩　子どもを使いに<u>やる</u>。

⑪　大学では経済を<u>やり</u>ました。

二、指出下列詞有何感情色彩。

①顔——面（つら）——お顔　②さきほど——さっき　③かね——おかね——ぜに　④言う——おっしゃる——ほざく——申（もう）す　⑤訪（おとず）れる——うかがう　⑥むすこ——せがれ——お子さま——ご令息（れいそく）　⑦くる——いらっしゃる——見える

第二節　多義詞

1. 詞義的變化

隨著客觀事物的發展，或人們對事物的認識的變化，會引起詞義的變化。日語詞義也不例外。如：

日語詞義的變化

詞　例	舊　義	新　義	註
瀬戸物 （せともの）	瀬戸生產的陶器	陶器的總稱	擴大意義
舟 （ふね）	箱子、棺材、舟	祇留下"舟"之意	縮小意義
車 （くるま）	車輪→牛車→大車→人力車	汽　車	轉　義
妻 （つま）	丈夫、妻子	祇留下"妻子"之意	縮小意義
着物 （きもの）	衣服的總稱	和　服	同　上
女中 （じょちゅう）	女官	女佣	轉　義
港 （みなと）	河流出口處	碼頭、港	同　上
大将 （たいしょう）	一軍之將	軍階之一、首領、頭目	擴大意義
気の毒 （きのどく）	（自己）爲難、難爲情、害羞	可憐（別人）	轉　義
揚句 （あげく）	（日本）連歌的末句	最後、末了	同　上
坊主 （ぼうず）	僧　侶	僧侶、男孩	擴大意義
果報 （かほう）	因果報應	好的報應、幸福	轉　義
発明 （はつめい）	機靈、聰明	發　明	同　上
誤る （あやま）	做　錯	道歉、謝罪	同　上
かわいい かわゆし	難爲情的、可憐的	可愛的	同　上
いとしい いとほし	難受的、可憐的	可愛的	同　上
はずかしい	非凡的、卓越的	害臊、羞	同　上

詞義的變化，總是由單義分化爲多義，其總趨向是豐富化、精密化、概括化。這樣，詞的應用範圍就愈廣，愈有靈活性。

2. 單詞的多義性

　　單義詞分化爲兩個以上含義的單詞，叫做多義詞（多義語〔たぎご〕）。多義詞是在本義基礎上派生出一些新義的。本義指的是有史可查的最早的意義，派生義是指詞由本義派生出來的意義。如：

> あっ、たぬきだ！（啊！瞧，那裡有一隻狸）（本義）
> あの男〔おとこ〕はなかなかのたぬきだ。（他是個老滑頭呢）（派生義）

> このパンはうまいね。（這個麵包味道不錯）（本義）
> うまい話〔はなし〕には気〔き〕をつけろ。（對花言巧語可要小心）（派生義）

> 紙〔かみ〕を破〔やぶ〕る。（撕破紙）（本義）
> 約束〔やくそく〕を破る。（失約）（派生義）
> 5対1〔ごたいいち〕で相手〔あいて〕チームを破る。（以五比一打敗了對方隊）（派生義）

> まずいお茶だね。（這個茶味道不好。）（本義）
> 字〔じ〕はきれいだが文章〔ぶんしょう〕はまずい。（字寫得漂亮，但文章寫得不高明）（派生義）
> 人〔ひと〕に知〔し〕られるとまずい。（被人家知道就不好了）（派生義）

顔はまずいが、心はやさしい女です。（這個女人臉相長
　　得很醜，但心地很善良）（派生義）

　　日常生活中常用的基本詞彙可以說大部分是多義詞。以"上
がる"一詞爲例，除表示"向上移動"的含義之外，還有如下多
種含義。

　　学校へ上がる（＝入いる）。（上學）
　　生産が上がる（＝増加する）。（生産提高）
　　値段が上がる（＝高くなる）。（漲價）
　　腕が上がる（＝上達する）。（本領提高）
　　千円で上がる（＝済む）。（祇用了一千日元）
　　犯人が上がる（＝捕まる）。（犯人抓到了）
　　反対の声が上がる（＝出る）（反對之聲四起）
　　ご飯を上がる（＝食べる）。（用飯）
　　試験場で上がる（＝落ちつきを失う）。（在考場上發慌
　　了）
　　雨が上がる（＝やむ）。（雨停了）

　　多義詞的多種含義並不是各自互不關聯的。例如"腕"的本
義指的是"胳膊"，但"ひじかけいすの腕（太師椅的扶手）"
的"腕"則是指"扶手"。這是因爲它與人類的"腕"類相似而
派生出來的。又例如"腕がいい"的"腕"也是從人的胳膊派生
出"（工作的）能力、技術"的含義。由此可見，本義與派生義
（轉義）是有關聯的。

　　多義詞雖然有兩個以上的含義，但在句子中祇表示其中的一

個含義。

- 足（あし）

鉄棒に足をかける。（把腿搭在單槓上）（人的腿、腳）

いすの足が折（お）れる。（椅子的腿斷了）（支撐物的腿腳）

交通（こうつう）ストで足をうばわれる。（因公共交通系統舉行罷

工，市民沒有車輛好乘）（交通工具）

きみは足が速（はや）いね。（你走得好快啊）（走、跑）

- 送（おく）る

郵便（ゆうびん）で送る。（用郵寄寄）

駅（えき）までお送りします。（我送您到車站）

楽（たの）しい日々（ひにち）を送る。（日子過得很快活）

- 教（おし）える

大学（だいがく）で日本語（にほんご）を教える。（在大學裡教日語）

道（みち）を教えて上（あ）げた。（告訴了怎麼走）（說明、告知）

電話（でんわ）があったら教えて下（くだ）さい。（如果有我的電話，請傳

呼我一聲）（傳喚）

- きたない

きたない水（みず）。（髒的水）

きたない字（じ）。（字迹潦草）

きたないやり方（かた）。（做法卑鄙）

金（かね）にきたない人（ひと）（在金錢上吝嗇的人）

- 人（ひと）

人は高等動物（こうとうどうぶつ）だ。（人是高等動物）

人の気持も少しは考えなさい。（你應該體諒別人的心情）

人を見る目がある。（有識別人的眼力）（人品）

• 青い

青い空。（藍天）

青いみかん。（還生〔青〕的橘子）

青い顔をする。（臉色蒼白）

青くなってふるえる。（嚇得發抖）

　　思考某詞是否為多義詞的一個有效辦法是看看該詞有沒有反義詞。如有，便是多義詞。如：

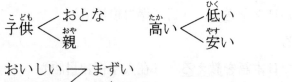

おいしい ＞ まずい
うまい ＜ 下手だ

　　由上例可知“子供”、“高い”、“うまい”、“おいしい”都是多義詞。

〔練習〕

　　下列各組有劃線的詞，在意義上有何相似之處？

① 歯が痛い。
　 のこぎりの歯。

② 鳥のつばさ。
　 飛行機のつばさ。

③ 板を重ねる。
　 話し合いを重ねる。

④ ┌ 鉄はアルミ（ニュム）より<u>重い</u>。
 └ おじいさんの病気は<u>重い</u>。

⑤ ┌ クロが小犬を<u>うんだ</u>。
 └ セザンヌは多くの名作を<u>うんだ</u>。

⑥ ┌ 冬の水はとても<u>つめたい</u>。
 └ あの親は子供に<u>つめたい</u>。

⑦ ┌ しろい雲がぽっかり<u>うかん</u>でいる。
 └ いい考えが<u>うかん</u>でくる。

⑧ ┌ ランプより電燈のほうが<u>あかるい</u>。
 ├ <u>あかるい</u>気持で家に帰った。
 └ かれはこの土地の歴史に<u>あかるい</u>。

3. 本義與派生義之間的關係

(1) 空間 → 時間

• 門からここまでの<u>間</u>。（從門到這裡的距離）→<u>長い</u>
 <u>間</u>、外国で生活した。（長時間在國外生活）

• 家の<u>前</u>で写真をとる。（在家門口前拍照）→試験の<u>前</u>な
 ので、忙しい。（因爲在考試之前，所以較忙）

• <u>遠い</u>ふるさと。（遠遠的故鄉）→<u>遠い</u>過去のこと。（很早
 以前的事情）

• ここは駅に<u>近い</u>。（這裡離火車站很近）→<u>近い</u>うちにま
 た会おう。（過些時候，我們會再見面的）

• <u>短い</u>ひも（短細繩）→休み時間は<u>短い</u>。（休息時間很

― 19 ―

短）

(2)　具體→抽象／移動→狀態的變化

・道にまよう。（迷路）→生きる道。（活路、生路）

・みかんの白いすじ。（橘絡）→ 小説のすじ。（小説的情節）

・地震で壁が落ちた。（因地震牆壁塌了下來）→研究が壁にぶつかる。（研究工作碰到了困難）

・外に出る。（到外面）→結論が出る。（有了結論）

・時計がこわれる。（鐘壞了）→計画がこわれる。（計劃吹了）

・二階へ上がる。（上二樓）→物価が上がる。（物價上漲）

(3)　感覺→感情

・つめたい手。（冰涼的手）→つめたい態度。（冷淡的態度）

・あたたかい日。（暖和的日子）→あたたかい友情。（溫暖的友情）

・甘いお菓子。（甜點心）→甘い先生。（寬容的老師）

・からい辛し。（辣的芥末）→辛い採点。（分數嚴格）

・にがい薬。（苦的藥）→にがい経験。（痛苦的經驗、教訓）

(4)　身體的某部分→物品的某部分

・この子は目が大きい。（這個孩子眼睛很大）→針の目に糸をとおす。（往針眼裡穿線兒）

- ぼくは胴（どう）が太（ふと）い。（我的腰幹粗）→たいこの胴。（鼓身）
- しりにおできができる。（在屁股上長了個疙瘩）→なべのしりを洗（あら）う。（洗鍋底）
- 人（ひと）の足（あし）を引（ひ）っぱる。（拉人家後腿）→足つきのグラス。（帯有高脚的玻璃杯）
- 手（て）に汗（あせ）をにぎる。（捏著一把汗，提心吊膽）→ひしゃくの手。（舀子的把手）

〔練習〕

寫出本義和派生義。

①君は大きな体をしているね。→体をこわして休んでいる。

②新鮮な空気→テレビ局には独特の空気がある。

③鉛筆をかむのはわるいくせだ。→かみの毛に変なくせがついた。

④しぶい柿→金を貸してくれと言ったら、しぶい顔をした。

⑤うでにけがをする。→そろばんのうでが上がる。

⑥六時に家を出た。→この車はスピードが出る。

⑦弟に万年筆をやった。→卓球をやりませんか。

⑧いまこんなスタイルがはやっています。→このコーヒーショップはなかなかはやっていますね。

⑨大きさが<u>違う</u>。→計算が<u>違う</u>。

⑩水が<u>流れる</u>。→会議が<u>流れる</u>。

第三節　比　喻

1.　比喻的目的

比喻，也可說是一種轉義，它是用一個詞的客觀意義（即本義）作比喻或通過本義引伸出另一個新的意義。簡言之，轉義是用本義作比喻或通過引伸本義而形成的。

不同的事物的對象，往往會有某種共同的特徵，因而，一個詞本來指甲事物，可以轉用來指同甲事物有共同特徵的乙事物。指甲事物的本義起一種比喻的作用。這樣形成的指乙事物的新意義，就是比喻意義。如果某個本義作比喻的用法被社會所承認的話，比喻意義就也變成詞義中的一個固定成份——轉義。

而新產生的轉義，特別是由比喻形式的轉義，一般都有不同程度的形象性。因爲本義所反映的事物對象浮現出形象，把轉義烘托了出來，使言辭生動而富有色彩，從而達到比喻所追求的修飾效果，也就是追求較美的表達效果。

2.　日語的種種比喻法

日語比喻法主要有"<ruby>直喻<rt>ちょくゆ</rt></ruby>"（明喻、直喻法）、"<ruby>隱喻<rt>いんゆ</rt></ruby>"（暗喻、隱喻）、"<ruby>擬人法<rt>ぎじんほう</rt></ruby>"（擬人法）、"<ruby>提喻<rt>ていゆ</rt></ruby>"（借代）、"<ruby>換喻<rt>かんゆ</rt></ruby>"（借喻）和"<ruby>引喻<rt>いんゆ</rt></ruby>"（引喻法）。

（1）　<ruby>直喻<rt>ちょくゆ</rt></ruby>（又叫"<ruby>明喻<rt>めいゆ</rt></ruby>"）

這是一種以"Ｘ如同Ｙ"的形式，從正面比喻的方法，主要採用"ＸはＹのようだ"、"Ｘは……のごとく"、"ＸはまるでＹみたいだ"、"ＹそっくりのＸ"、"……に似たΔΔΔ"等形式。此外，還利用副詞等詞。如："あたかも……だ"、"まさに……だ"、"まるで……だ"、"ちょうど……だ"、"……的だ"，等等。

- 氷のようにつめたい心。（冰一般冷酷的心）
- 空飛ぶ円盤のようだった。（彷彿是個飛行中的飛盤）
- まるで山みたいな大きな波。（山也似的大波浪）
- でたらめのように見えるが、根拠があるのだ。（看來似乎荒唐，但有根有據）
- 光陰矢の如し。（光陰似箭）
- いつも風の如く現われる。（常常像一陣風似地出現）
- 彼女は関西のテレビ界ではその人ありと知られた女ボス的な存在である。（她在關西電視界頗有影響力，是一位赫赫有名的女頭目）

(2) 隠喩（又叫"暗喩"）

這是一種以"Ｘ就是Ｙ"的形式來比喻的方法。

- 山田さんはクラスの中の機関車だ。（山田君是班裡的"火車頭"）
- 疲れて足が棒になる。（走累得兩腿都僵了）
- 誘いのことばに、心がゆれた。（對邀請動了心）
- 雪の膚。（像雪一樣白嫩的皮膚）

- 買い物客の波。（潮水般湧進來的顧客）

(3) 擬人法（擬人法）

這是賦與人以外的事物以人格化的一種常用的修辭方法。

- 花笑い、鳥歌う。（花笑鳥語）
- 木の葉が舞う。（樹葉飛舞）
- デパートは買い物客の波を吸いこみ、はきだした。（百貨公司呑進又吐出了購物的人群）
- ご飯たきの名人——炊飯器。（燒飯的能手——電鍋）
- 船は波に乗って、心もちよく、泳いでいく。（船乗風破浪，心情舒暢地游去）

(4) 提喩（借代）

這是一種以本義的一部分來比喻全體的方法。

- レンズでキャッチする。（用照相機拍攝）
- 人はパンだけで生きるものではない。（人不僅僅是爲"麵包"而活著的）
- どうも寒いと思ったら、午後から白いものが舞いはじめた。（從上午就感到特別寒冷，到下午果然下起雪花來了）

(5) 換喩（借喩）

這是借以身體的某特徵或所佩帶的物品來比喻的方法。

- 青い目にまじって活躍する。（混在藍眼睛裡大顯身手）
- あそこにいる茶色のセーターが弟です。（在那裡的那個穿茶色毛衣的是我弟弟）

- 富士山が雪の帽子をぬいだ。（富士山脱掉了雪帽）
- いちょうの木もほうきになった。（掉光了葉子的銀杏樹成了一把掃帚）
- ザアマス階級の社交場。（大資產階級太太們的社交場所）

(6) 引喩（引喩法）

這是引用典故、名句、名言等的一種比喻法。

- 百聞は一見に如かず、といいます。（常言道："百聞不如一見"）
- 馬の耳に念仏だよ。（對牛彈琴哩）
- 備えあれば憂いなし、というけれど……（雖說有備無患，但……）
- 友遠方より来たる、だ。こんなつまらん話はよそう。（"有朋自遠方來"嘛，咱們別說這種掃興的話吧）

〔練習〕

下列句子中有劃線的是比喻，它表示什麼？

① あたりは一面の火の海だ。
② 人の波におされて、通りを歩いた。
③ 坊主頭もお下げもみんな笑い出した。
④ ぞうきんを大きくしたような布団。
⑤ 竹を割ったような性格。
⑥ 水を打ったようにしんと静まりかえった講堂。

⑦　目を<u>皿のように</u>して見つめる。

⑧　<u>飛ぶように</u>走る。

⑨　<u>借りてきたネコみたいに</u>おとなしい。

⑩　<u>ロケットみたいに</u>速い。

⑪　優勝に<u>わきかえる</u>選手たち。

第三章　詞類

第一節　單詞的分類

　　單詞按照其形態、意義或語法上的性質的不同，可分為若干種詞類。從理論上講，日語附屬詞──助動詞和助詞也是詞類中的一大類，但本書祇講獨立詞，即動詞、形容詞、形容動詞、體言、副詞、連體詞、接詞和感嘆詞。其中體言包括名詞、代詞、數詞。

手　足　うわぎ　呼吸　時計　なべ ……（名詞）

行く　産む　敬う　植える　受ける　する ……（動詞）

いい　うすい　憎い　厳しい　細かい　細い ……（形容詞）

上面所列這三種有何不同呢？

△形態上的特徵

動詞的基本形以五十音圖上的"ウ"段音結束。

形容詞的基本形以"い"音結束。

名詞則沒有這種規律性。

△詞彙上的含義

名詞──表示事物。

動詞──表示事物的動作、作用。

形容詞──表示事物的性質、感情、狀態。

△語法上的性質

名詞──可以帶"が"、"を"、"に"、"から"等格助詞，表示主格、賓格、補格等語法上的含義。

動詞──通過詞尾的變化，表示意志、命令、完了、過去等語法上的含義。

形容詞──可以把詞尾"い"變成"く"，然後加"する"或"なる"。如：

- 大_{おお}きい ⟨ 大きくする / 大きくなる
- 小_{ちい}さい ⟨ 小さくする / 小さくなる
- まるい ⟨ まるくする / まるくなる
- 白_{しろ}い ⟨ 白くする / 白くなる

第二節 名詞、連體詞、代詞、指示詞── "こ、そ、あ、ど"詞和數詞

1. 名詞

△表示人、物、事、場所、時間、狀態等名稱的詞爲名詞 (名詞_{めいし})。名詞是體言的主要組成部分。

- 人_{ひと}、動物_{どうぶつ}、植物_{しょくぶつ}──日本人_{にほんじん} 漁師_{りょうし} 病人_{びょうにん} 牛_{うし} さかな 稲_{いね} 柳_{やなぎ} しいたけ はくさい キャベツ ……
- 物──なべ 炊飯器_{すいはんき} ジャー やかん 柱_{はしら} 水_{みず} 土_{つち} 船_{ふね} ぼうし くぎ ……

- 場所——シャンハイ　港　台所　川べ　応接間　公園　広場　……
- 組織、団体—— PTA　会社　赤十字社　協会　組合　四年一組　……
- 時間—— 1998年　夏　今年　日曜日　夜中　あす　……
- 方向、位置——東　西　上　下　右　左　中心　うち　そと　うしろ　……

表示人的動作、事物的變化、狀態、性質、現象、數量、順序之類的詞，也是名詞。

- 人的動作——体操　山のぼり　せんたく　競走　乗車　……
- 事物的變化——完成　前進　成り行き　値上がり　発生　増加　……
- 狀態——病気　金持ち　いねむり　明るさ　暗さ　夕焼け　……
- 性質①——赤　赤み　大きさ　わがまま　生意気　やさしさ　……
- 現象——風　雨　地震　光線　におい　にじ　……
- 心理動態——心配　反対　思い出　悲しみ　知識　気持　……

後續格助詞的動詞連用形（名詞化）和一些形容詞、形容動

----

①漢語中表示"性質"的一般爲形容詞。

詞的詞幹也是名詞，叫做<u>準體言</u>（<ruby>居体言<rt>きょたいげん</rt></ruby>）。這種名詞是表示人、事物的動作、狀態、性質的。

<ruby>行<rt>ゆ</rt></ruby>きかえり　<ruby>三日<rt>みっか</rt></ruby><ruby>泊<rt>ど</rt></ruby>まり（の<ruby>旅行<rt>りょこう</rt></ruby>）　<ruby>書<rt>か</rt></ruby>きまちがい　<ruby>売<rt>う</rt></ruby>り<ruby>買<rt>か</rt></ruby>い　<ruby>犬<rt>いぬ</rt></ruby><ruby>食<rt>ぐ</rt></ruby>い　<ruby>覗<rt>のぞ</rt></ruby>き<ruby>見<rt>み</rt></ruby>　どこ<ruby>行<rt>ゆ</rt></ruby>き（の<ruby>電車<rt>でんしゃ</rt></ruby>ですか）　うれし<ruby>泣<rt>な</rt></ruby>き　<ruby>抜<rt>ぬ</rt></ruby>き<ruby>刷<rt>ず</rt></ruby>り　<ruby>早寝<rt>はやね</rt></ruby>　<ruby>早起<rt>はやお</rt></ruby>き　<ruby>早引<rt>はやび</rt></ruby>き　<ruby>踊<rt>おど</rt></ruby>り　<ruby>答<rt>こた</rt></ruby>え<ruby>知<rt>し</rt></ruby>らせ　……

<ruby>色白<rt>いろじろ</rt></ruby>　<ruby>欲深<rt>よくぶか</rt></ruby>　（あっ）<ruby>痛<rt>いた</rt></ruby>！　……

<ruby>映画好<rt>えいがず</rt></ruby>き　<ruby>酒好<rt>さけず</rt></ruby>き　<ruby>外出好<rt>がいしゅつず</rt></ruby>き　……

△名詞在句中時帶有格助詞が、を、に、へ、で、と、から、まで、の、より。

・おじいさん<u>が</u>かれ<ruby>木<rt>き</rt></ruby><u>に</u>はいをまきました。

　（老爺爺往枯樹上撒了灰。）

・<ruby>夕方<rt>ゆうがた</rt></ruby><u>まで</u>グランド<u>で</u><ruby>遊<rt>あそ</rt></ruby>んでいました。

　（在運動場一直玩到傍晚。）

・<ruby>学校<rt>がっこう</rt></ruby><u>から</u>の<ruby>帰<rt>かえ</rt></ruby>り<ruby>道<rt>みち</rt></ruby><u>に</u>、<ruby>王君<rt>おうくん</rt></ruby>に<ruby>出会<rt>であ</rt></ruby>いました。

　（從學校的回家路上碰見了王君。）

・<ruby>起<rt>お</rt></ruby>きて<u>から</u><ruby>寝<rt>ね</rt></ruby>る<u>まで</u><ruby>働<rt>はたら</rt></ruby>きます。

　（從起床到睡覺爲止，一直在幹活。）

・<ruby>昨年<rt>さくねん</rt></ruby><u>より</u>ずっと<ruby>多<rt>おお</rt></ruby>くの<ruby>留学生<rt>りゅうがくせい</rt></ruby>がこの<ruby>大學<rt>だいがく</rt></ruby><ruby>来<rt>き</rt></ruby>ました。

　（今年來這所大學的留學生比去年多得多。）

△名詞包括固有名詞。

人名、地名、國名、年號、書名、建築物等名稱，在日語裡叫<u>固有名詞</u>（<ruby>固有名詞<rt>こゆうめいし</rt></ruby>）。

人名——桃太郎 ニュートン アインシュタイン ……
地名——ホンコン マカオ 太平洋 エベレスト ……
其他——日本放送協会 鹿島丸 ポチ ホテルニューオー
タニ ……

2. 連體詞

連體詞（連体詞）放在體言前做該體言的定語。此外，沒有
其他任何用法。當然也沒有活用。

この道 その人 あの店 かの川 どのうち こんなも
の そんなこと あんなやつ どんな話 わが家 あ
る日 さる人物 大きな建物 小さな犬 たいしたこと
あらゆる方面 いわゆるエリート あくる十日 来た
る六日 去る三月 たった一人 例の人 単なるうわさ
主たる原因 とんだ目にあう 当のご本人 無二の
親友 くだんの男 ……

上例中，"大きな～"、"小さな～"也可以講成"大きい
～"、"小さい～"，同樣做定語，意義又相同。但"大き
な"、"小さな"卻不像形容詞"大きい"、"小さい"那樣有
活用形。

3. 代詞

指示人、事物的名稱的叫代詞（代名詞）。代詞的本質在於
指示這一點上。日語代詞有"人稱代詞"（人稱代名詞）和

"指示代詞"（指示代名詞）兩種。代詞在語法上的作用，與名詞相同。

(1) 人稱代詞

用代替某（些）人物的具體名稱的詞叫<u>人稱代詞</u>（人稱代名詞）。

- わたくし　ぼく　おれ　ぼくたち　われわれ
- かれ　かのじょ　かれら　かのじょら
- この人（・かた）　その人（・かた）　あの人（・かた）（注）有的學者視爲連體詞。見下面 **4.** 指示詞(1)之表。

(2) 指示代詞

指示事物、場所、方向爲主的代詞叫<u>指示代詞</u>（指示代名詞）

　　これ　そこ　あそこ　どちら　……

4. 指示詞——"こ、そ、あ、ど"詞

指示詞的近、中、遠、疑問名稱都以"こ"、"そ"、"あ"、"ど"爲頭一個音，所以指這一系列的詞叫"こ、そ、あ、ど"詞。

(1) "こ、そ、あ、ど"詞與詞類

"こ、そ、あ、ど"詞有"近稱"、"中稱"、"遠稱"、"不定稱"（也叫疑問稱）之分。這個"こ、そ、あ、ど"詞由代詞、連體詞和副詞組成。

聽話人與講話人的關係 事物之間的關係	近　稱	中　稱	遠　稱	不　定　稱 （疑問稱）	詞　類
人、物	これ これら こいつ	それ それら そいつ	あれ あれら あいつ	どれ —— どいつ	代　詞
場　所 時　間	こ　こ ここら ここいら ここらへん	そ　こ そこら そこいら そこらへん	あそこ —— —— あそこらへん	ど　こ —— どこいら どこらへん	代　詞
方　向 場所、物、人	こちら こっち	そちら そっち	あちら あっち	どちら どっち	代　詞
狀　態	こんな	そんな	あんな	どんな	連體詞
指定（物、事）	こ　の	そ　の	あ　の	ど　の	連體詞
場　所	このへん	そのへん	あのへん	どのへん	連體詞
人	このひと このかた	そのひと そのかた	あのひと あのかた	どのひと どのかた	連體詞
動作、作用、狀態	こ　う	そ　う	あ　あ	ど　う	副　詞
狀　態	こういう	そういう	ああいう	どういう	副　詞

——引用自森田良行《指示詞の扱い方》（講座日本語教育第18分冊）

(2) "こ、そ、あ、ど"詞的用法

① 近稱的用法

△この指離開講話人近的事物或事情。

• この一年間、私 はずいぶん日本のことを勉強し
ました。（這一年，我學到了不少有關日本的知識）

• このあいだ　この次　このごろ　このたび　この本
　この世　この世界

△指講話人在前面講的事情。

• 早寝早起き、これがなかなかむずかしいことなんで

—33—

す。（早睡早起，這卻是很難做到的）

- ○○という町がありますが、ここ（＝この町）はミカンの産地として有名です。（有個叫○○的城鎮，這個城鎮以橘子的産地而聞名於世）

- 「これは山田さんがしたことにちがいありません。」山本さんはこう言いました。（"這無疑是山田先生幹的事"，山本這麼說）

△指講話人下面所說的話。

- わたしはこう思います。これは重大な問題ですから、みんなと相談してから決めた方がいい、と思います。（我認爲這是個重大的問題，應該與大家商量後再做出決定爲好）

- その理由はこうです。……。（其理由如下：……）

- こんなときにどうしますか。たとえば、電車の中で急に気持がわるくなったとします。（要是遇到如下的情況，譬如在電車上身體突然不舒服了，你怎麼辦？）

② 中稱的用法

△指離第二人稱近的事物或其樣子。

- あなたのそばに字引がありますね。それはあなたのですか。（你身旁有一部辭典，那是你的嗎？）

- こっちよりそっちのほうがいいんじゃないかな。（那個可能比這個好吧）

△指示講話人在前面講的話或前面的話裡談到的事情。

- 「もしよろしかったら、いっしょにいらっしゃいませんか。」「<u>それ</u>はありがたいですね。」（"您要是方便，請您一塊兒 ^去來 吧" "那太感謝了"）

- 「かぜを引いたようです。頭が痛いです。」「<u>それ</u>はいけませんね。」（"看來是感冒了，頭好痛" "那可不好啊"）

- 「また金を借りに来たのか。」「いいえ、<u>そんなこと</u>で来たのではありません。」（"你又是來借錢的嗎" "不，不是那樣的事來的。"）

- 「あなたは日本の文化を研究しているんですか。」「いいえ、ちがいます。でも将来<u>そっち</u>のほうを研究するつもりです。」（"您是在研究日本文化嗎？" "不，不是的。不過將來準備研究它。"）

- 遠くにあかりが見えたので、<u>そっち</u>に向って歩いていった。（看到遠處有燈光就朝那邊走去了。）

③ 遠稱的用法

△指遠離講話人、聽話人的人、事物或其樣子。

- <u>あれ</u>を見せてください。（請給我看一下那個。）
- <u>あの人</u>もああ忙しくては、本を読む時間もないね。（他那麼忙，連看書的時間也沒有吧。）

－35－

△指聽話人也熟悉的事物。

- あの人があんな人だとは思わなかったよ（眞沒想到他是那樣的人。）
- 「あれ、どうした？」「ああ、あの本？あれは人に返したよ。」（"那個，放在那兒？""啊，那本書？那本書還給人家了。"

④ 不定稱的用法

△與も一起用，表示"すべての～"。

- へやにはだれもいなかった。（房間裡沒有任何人。）
- いちごなんてどこにも売っていないよ。（什麼草莓，哪裡也沒有賣。）
- そんなことばは、どんな辞典にも出ていない。（那樣的詞語，任何辭典裡都沒有。）

△與か一起用，表示不定的事物。

- 二つもあるのなら、どれか一つ貸してくれないか。（要是有兩個，能不能借給我一個？）
- どこかにあるはずです。（我想在什麼地方一定是有的。）

⑤ 指示代詞除有上面所講的用法之外，還可以用來指人和時間。

△指示人。

- これは私の妹です。（此人是我妹妹。）

—36—

- 「きょうはお招きをありがとうございました。」
「こちらこそすばらしいお土産をありがとうござい
ました」（"感謝您今天的款待。""那裡那裡，我
才應該感謝您那麼好的禮物呢？"
- 「ちょっとおたずねしますが、こちら田中さんのお
宅でしょうか。」「はい。あの──どなたさまでい
らっしゃいますか。」（"請問，這裡是田中先生的
府上嗎？""是的。請問您是……？"）

△指示時間。

- 「これからどうする？」「映画でも見ようか。」
（"現在幹什麼？""去看電影怎麼樣？"）
- かれは去年重い病気をしました。それからずっと
元気がありません。（他去年患了重病。從那以後，
一直沒有精神。）
- 待ちくたびれて帰ろうとした。そこへ山中君が帰っ
てきた。（等了很久，正要回去了，這時山中君回來
了。）
- それまではよかったが、そこへじゃまが入った。
（直到那個時候一直很順利，可是後來遇到了阻
撓。）

〔練習〕

填上正確的"こ、そ、あ、ど"詞。

① 「このあいだ『ぼっちゃん』という作品を読んだよ。」

「ふうん、○○本はおもしろかったかね。」

②○○なにかの本に書いてありましたね。

③あの人が○○○人か知りません。

④○○○へ行ったり、○○○へ来たりして、忙しい。

⑤ 「駅は○○○ですか。」「○○○です。」

⑥ 「肉と魚と○○○が好きですか。」「○○○も好きです。」

⑦ 「1万円貸してくれないか」「○○○大金は持っていないよ。」

⑧ 「……。……。そのとき、私は○○思ったのです。あなたなら○○思ったでしょうか。」「私なら○○思うでしょう。……」

⑨みかんなら○○の果物屋にも売っているはずです。

⑩○○人、○○かで会いましたね。○○で会ったのかな。

5. 數詞

<u>數詞</u>（数詞）是表示事物的數量和順序的詞。表示數量的詞叫<u>基數詞</u>（基数詞），表示順序的詞叫<u>序數詞</u>（序数詞）。

(1) 基數詞

日語用來數東西的基數詞有兩種：

第一種——ひとつ　ふたつ　みっつ　よっつ　いつつ

　　　　　　　むっつ　ななつ　やっつ　ここのつ　とう（和

語數詞）

第二種—いち　に　さん　し　ご　ろく　しち　はち

く・きゅう　じゅう（漢語數詞）

十一以上的數全部用第二種詞來數，而第一種詞祇有はつか和はたち這兩個可以用。

用第二種詞來計算時，必須用年、月、時、分、番、円、倍、回、枚、号、間等<u>量詞</u>（<ruby>助数詞<rt>じょすうし</rt></ruby>）。如：<ruby>1枚<rt>いちまい</rt></ruby>　<ruby>4箱<rt>よんはこ</rt></ruby>　<ruby>8号<rt>はちごう</rt></ruby><ruby>車<rt>しゃ</rt></ruby>　<ruby>3間<rt>みま</rt></ruby>　<ruby>2足<rt>にそく</rt></ruby>　<ruby>3本<rt>さんぼん</rt></ruby>　<ruby>5倍<rt>ごばい</rt></ruby>……

(2)　序數詞

<u>序數詞</u>（<ruby>序数詞<rt>じょすうし</rt></ruby>）是用以計算事物的順序、等級和號數等的。一般是在基數詞前面或後面加"第～"、"数～"、"～目"、"～番"等字。如：

△<ruby>第一<rt>だいいち</rt></ruby>　<ruby>第二<rt>だいに</rt></ruby>　<ruby>第三<rt>だいさん</rt></ruby>……<ruby>第一次<rt>だいいちじ</rt></ruby>　<ruby>第二次<rt>だいにじ</rt></ruby>　<ruby>第三次<rt>だいさんじ</rt></ruby>……

　<ruby>第一回<rt>だいいっかい</rt></ruby>　<ruby>第二回<rt>だいにかい</rt></ruby>　<ruby>第三回<rt>だいさんかい</rt></ruby>……

△<ruby>数人<rt>すうにん</rt></ruby>　<ruby>数十人<rt>すうじゅうにん</rt></ruby>　<ruby>数ヵ月<rt>すう</rt></ruby>　<ruby>数百<rt>すうひゃく</rt></ruby>トン……

△ひとつ<ruby>目<rt>め</rt></ruby>　ふたつ目　<ruby>三人目<rt>さんにんめ</rt></ruby>　<ruby>四時間目<rt>よじかんめ</rt></ruby>　<ruby>三年目<rt>さんねんめ</rt></ruby>……

〔練習〕

請注上讀音。

①20歳（　　　　）になる　②靴三足（　　　　）　③3軒目（　　　　）　④10分（　　　　）　⑤20本（　　　　）　⑥13本（　　　　）　⑦十日間（　　　　）　⑧二十日間（　　　　）　⑨にわとり100

羽（　　　　　） ⑩1匹（　　　　　　） ⑪紙6枚（

　　　　　） ⑫タマゴ12個（　　　　　　） ⑬ノート2冊

（　　　　　） ⑭へや3間（　　　　　　） ⑮4箱（

　　　　　） ⑯テレビ2台（　　　　　　）

第三節　動　詞

表示人或事物的動作、行爲、發展、變化等的詞叫<u>動詞</u>（動
詞）。

1. 動詞的性質

日語動詞可分爲表示動作、作用和表示存在、狀態兩大類。
從數量來講，表示動作、作用的要比表示存在、狀態的多得多。
這些動詞在句中，可以成爲謂語、狀語和定語。日語動詞的基本
形以“ウ”段音結束。

⑴　表示動作、作用的動詞

生産、消滅──つくる　うまれる　きえる　しぬ ……

位置、姿勢的變化──いく　かえる　のぼる　はいる　お
　　よぐ　すわる ……

人、物的狀態的變化──ふとる　ふえる　まがる　ちる
　　たかまる ……

社會現象──うる　ぬすむ　あらそう　あそぶ　つたえる
　　……

自然現象──ふる　ふく　ゆれる　ひびく　ながれる

─40─

（日が）くれる ……

生理現象——たべる わらう ねむる なく はく ……

心情、感覺——よろこぶ かなしむ はじる こまる おどろく いたむ かぐ ……

認識、思考——気^きづく 知^しる 考^{かんが}える えらぶ きめる ……

語言活動——はなす よむ うたう たずねる もうしこむ ……

態度——まつ おがむ にげる したがう なかよくする ……

(2) 表示存在的動詞
   ある いる いらっしゃる

(3) 表示帶有某形狀、性質的動詞
   そびえる とがる すぐれる ずばぬける ありふれる ……

〔練習〕

一、指出下列動詞的性質。
   売る 煮る 聞こえる くもる 現われる 治る なげく 借りる このむ 暖まる つぶやく

二、指出下列動詞在意義上有何區別。

1. ［二階に上がる
   ［温度が上がる

2. ［きずが痛む
   ［つくえが痛む

3. $\left[\begin{array}{l}石が沈む \\ 気持が沈む\end{array}\right.$　4. $\left[\begin{array}{l}あ、あそこにAさんがいらっしゃる \\ お客がいらっしゃった\end{array}\right.$

5. $\left[\begin{array}{l}はっきり見える \\ お客が見える\end{array}\right.$　6. $\left[\begin{array}{l}これ、上げるよ \\ もう少し上に上げてくれ\end{array}\right.$

⑷　日語動詞大致可分爲下列四種：

①　狀態動詞

表示存在等（不能說成 "～ている"）的有：

　　ある　居（い）る　要（い）る　できる（會）

②　帶有某形狀、性質（可以說成 "～ている"）的有：

- エベレスト山（さん）が高（たか）くそびえている。（珠穆朗瑪峰高聳入雲。）
- 彼（かれ）はすべての点（てん）で私（わたくし）よりすぐれている。（他在各方面都比我出色。）
- そんな考（かんが）えはありふれているよ。（那樣的想法平淡無奇。）
- あの人（ひと）は高（たか）い鼻（はな）をしている。（那個人的鼻子很高。）

③　繼續動詞

可以 "～ている" 的形式，表示動作、事情正在進行中。這一類動詞有：

　　食（た）べる　歩（ある）く　話（はな）す　降（ふ）る　書（か）く　乗（の）る　吹（ふ）く　読（よ）む
　　働（はたら）く　行（い）く　落（お）ちる　（花（はな）が）散（ち）る　着（き）る ……

④　瞬間動詞

可以"～ている"的形式，表示動作、作用結束後，留下其結果的有：

落ちる　始まる　終わる　卒業する　結婚する　（電燈が）付く　死ぬ　知り合う　（事件が）起こる　（表へ）飛び出す　（なくした物が）見付かる　（病気が）治る　出発する　到着する ……

②③④都是表示動作的動作動詞。因此，也可以把上述四類動詞歸納爲狀態動詞和動作動詞兩大類。

2. 自動詞和他動詞

△日語動詞多數沒有自動詞、他動詞的對應關係，而祇有自動詞或祇有他動詞。爲了彌補這個缺點，自動詞往往採用使役助動詞セル、サセル，使其成爲他動詞。而他動詞則往往採用被動助動詞レル、ラレル，使其成爲自動詞。如：

沒有他動詞的：

行く——行かせる　泣く——泣かせる　会う——会わせる　よろこぶ——よろこばせる

沒有自動詞的：

分ける——分けられる　読む——読まれる　話す——話される　なぐる——なぐられる

△日語助動詞中，有的自動詞和他動詞以同一形態出現。

（同義詞）力が増す——力を増す

（非同義詞）花が開く——本を開く　　風が吹く——ほら

— 43 —

を吹く　体が持つ—責任を持つ　さむけがする—大
きな目をする　引力が働く—すりを働く

△有對應關係的自動詞和他動詞，從形態上看，是有一定的
規律、類型的。

① 自（る，〜ru）←→他（す，〜su）

残る—残す　余る—余す　帰る—帰す　湿る—
湿す　現われる—現わす　流れる—流す　こぼれ
る—こぼす　冷える—冷やす　逃げる—逃がす
さめる—さます　ぬれる—ぬらす　なれる—なら
す　落ちる—落とす

② 自（〜aru）←→他（〜eru）

広がる—広げる　高まる—高める　曲がる—曲げ
る　当たる—当てる　掛かる—掛ける　隔たる—
隔てる

③ 自（〜u）←→他（〜eru）

向く—向ける　並ぶ—並べる　建つ—建てる　進
む—進める　縮む—縮める　くっつく—くっつけ
る

④ 自（〜u）←→他（〜asu）

驚く—驚かす　動く—動かす　かわく—かわか
す　利く—利かす

⑤ 自（〜eru）←→他（〜u）

ぬける—ぬく　くだける—くだく　折れる—折る

— 44 —

割れる ── 割る

⑥ 自（～aru）←→他（～u）

ふさがる ── ふさぐ　つながる ── つなぐ　くるまる
── くるむ

〔練習〕

把下列動詞改爲自動詞或他動詞。

①火をつける ──　②てんぷらをあげる ──　③湯がわく
──　④豆をにる ──　⑤肉がこげる ──　⑥たまごがゆ
だる ──　⑦いもがふける ──　⑧火がおきる ──　⑨雨
がふる ──　⑩汗が流れる ──

3. 單純動詞和複合動詞

日語動詞從構詞上看，有單純動詞和複合動詞之分。

① 單純動詞：

会う　あえぐ　割れる　直す　沸く　仰ぐ　書く　欠か
す　輝く　騒ぐ　しぼる　言う　話す　動く　写る
……

② 複合動詞：

あきれかえる　あわてふためく　開け放す　乗り遅れる
黙りこむ　書き立てる　相手取る　青ざめる　甘った
れる　汗ばむ　春めく　愛する　汗する　安心する
甘んずる　案ずる　……

4. 意志性動作動詞和非意志性動作動詞

A. ガラスのコップをゆかに落としたらこわれます。（如果把玻璃杯往地板摔了，就會碰壞。）

B. きのう、さいふを落としてしまいました。（昨天丟失了皮夾子。）

A. おふろにはいる。（洗澡。）

B. コップにひびがはいった。（玻璃杯上有一道裂紋。）

A. 学校に残って勉強する。（留在學校學習。）

B. お菓子が残っていますよ。食べますか。（還有點心呢，要吃嗎。）

根據主體的"有意"、"無意"，可以把動詞分爲意志性動作動詞和非意志性動作動詞。上述例子中，A是意志性動作動詞，B是非意志性動作動詞。意志性動作動詞是敘述主體有意的動作的，非意志性動作動詞是敘述客觀狀態或意識的動作的。

要表示"可能"時，意志性動作動詞用可能動詞，非意志性動作動詞則用自動詞。以"はいる"爲例：

外国人ならはいれる。（可能動詞）

外国人でないとはいれない。（可能動詞）

このトランクは大きいから、もっとはいるよ。（自動詞）

もうこれ以上ははいらないね。（自動詞）

這就是說，可能動詞是帶有意志性的。又如：

動く――動ける　帰る――帰れる　通る――通れる　立つ――立てる　つぶす――つぶせる　積む――積める　直す

——直せる　乗り越す——乗り越せる　引っ張る——引っ
ぱれる　……

5. 和語動詞、漢語動詞、外來語動詞

　　日語動詞從來源來看，有日本固有的<u>和語動詞</u>（和語動
詞）、<u>漢語動詞</u>（漢語動詞）和<u>外來語動詞</u>（外来語動詞）之
分。

　(1)　和語動詞

　　行く　来る　見る　受ける　する　……（一般動詞）

　　値する　うわさする　いたずらする　くしゃみする

　　えんこする　……（和語名詞＋サ變動詞する）

　　寒々する　ほっとする　がっかりする　ぴったりする　ぐ
　　らぐらする　……（其他和語＋サ變動詞する）

　　お招きする　お誘いする　お願いする　お訪ねする　お
　　断りする　お送りする　……（"お……する"形）

　　甘んじる　重んじる　軽んじる　疎んずる　安んずる
　　……（"〜んずる"形）

　(2)　漢語動詞

　　日語裡的借用詞（包括外來語），較多的是爲吸收日本沒有
的事物或新概念而被引進使用的。因此，一般是名詞等體言。但
在引進的漢語和外來語中，除了做體言之外，還有作爲動詞使用
的。

△加する做サ變複合動詞。

愛する　害する　解する　得する　心する　信ずる—
信じる　案ずる—案じる　命ずる—命じる（這些動
詞的發音帶有鼻音"～n・～m・～ng"，因此，加す
る時要起連濁，變成"ずる"或"じる"）……

研究する　練習する　機械化する　重要視する
……

ご招待する　ご連絡する　ご報告する　ご相談する
ご援助する　……

△加上活用詞尾，變成動詞。如：

力む　目論む　嵩む　和む　病む　富む　牛耳る　皮
肉る　野次る　だべ（駄弁）る　愚痴る　しゃれる（洒
落る）　退治る　下卑る　与太る　でっち（捏）る……

△加上接尾詞做動詞。如：

残念がる　寒がる　偉がる　強がる　面白がる　寂しが
る　怖がる　……

利巧ぶる　才人ぶる　学者ぶる　偉ぶる　高尚ぶる
高ぶる　……

子供じみる　年寄りじみる　所帯じみる　きちがいじみ
る　垢じみる　……

親切めかす　ほのめかす　学者めかす　秘密めかす……

春めく　色めく　皮肉めく　わざとめく　時めく　古め
く　……

汗ばむ　気色ばむ　黄ばむ　……

△不加任何詞，直接借以做敬語動詞或敬語補助動詞。

拝見　拝借　ご覧　頂戴　頓首再拝　……

(3)　外來語動詞

△名詞加する做動詞。

パスする　ヒットする　アップする　メモする　ダイヤ
ルする　アレンジする　……

△加活用詞尾る做五段活用動詞。

ダブる　サボる　アジる　デモる　ゲバる　ガスる　ネ
グる　ハモる　……

6.　動詞的作用

　　日語動詞在日語詞彙體系中祇占11.4％，是第二位，與第一
位的名詞占78.4％相比，是不多的。但不能從這種百分比來類推
其重要性。因爲在語言表達上，動詞所起的作用是極大的。從句
型上看，以動詞爲謂語的句子，遠比以形容詞、名詞爲謂語的句
子多而又複雜。日本森田良行教授在《日本語の動詞について》
一文中指出，動詞有如下10個作用：

　　①　由於動詞謂語可以接受由格助詞組成的各種成分，從而
可以表達豐富的內容；

　　②　可以帶動助動詞タ，表示時相（時制・即テンス）；

　　③　可以添加助動詞、形式體言和其他詞來表示推量、意
志、傳聞、比喩，等等；如：

－49－

～かもしれない　～だろう　～らしい　～つもりだ
～はずだ　～ところだ　～ようだ　～なければならない ……

④　可以借助終助詞表示禁止等；

⑤　可以附加助動詞れる・られる、せる・させる、たい等，表示被動、可能、尊敬、自發、使役、希望等；

⑥　可以依靠其命令形，表示命令；

⑦　可以後續補助動詞，表示"體"（アスペクト）；如：
～ている　～てある　～ていく　～てくる　～てみる
～てしまう　～ておく ……

⑧　可以附加～やる、～くれる、～もらう來表示授受關係；

⑨　可以採用れる・られる、お～になる、お～なさる、お～する、お～申し上げる等來表示複雜的人際關係；

⑩　可以與其他動詞複合，在意義上可以表達更多的含義。

第四節　形容詞、形容動詞

1. 形容詞、形容動詞的性質

(1)　形容詞（形容詞）是表示人或物的靜態的性質、狀態、感情的詞。形容動詞（形容動詞）與形容詞在詞形上雖有所不同（這一點正是兩者最大的不同處），但在詞義上和句中所起的作用（做謂語、定語、狀語）卻是相同的。

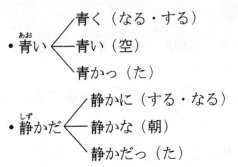

青い
- 青く（なる・する）
- 青い（空）
- 青かっ（た）

静かだ
- 静かに（する・なる）
- 静かな（朝）
- 静かだっ（た）

註：有的形容詞和形容動詞詞形同，衹是詞尾不同。如：柔らかい——柔らかだ　暖かい——暖かだ　細かい——細かだ　四角い——四角だ。

- まずい絵——へたな絵・拙劣な絵
- 山が高い。（山高）
- ナイロンの靴下は丈夫だ。（尼龍襪子耐穿）
- 高い山。（高山）
- 丈夫な靴下。（耐穿的襪子）
- 山が高くそびえている。（山峯聳入雲霄）
- この靴下は丈夫にできている。（這雙襪子很耐穿）

因此，有的日本學者把形容詞叫做第一形容詞，把形容動詞叫做第二形容詞，也不是沒有道理的。

根據日本國立國語研究所對現代九十種雜誌的用字、用詞進行的調查，形容詞類占9.4％（第三位）。可見，其詞彙量是很少的。爲彌補這個不足，日語在借用漢語詞和外來語上吸收了不少形容詞語，但大部分都是形容動詞。如：

偉大だ　丈夫だ　現実的だ　迷惑だ　得意だ　綺麗だ

変(へん)だ　妙(みょう)だ ……

不正(ふせい)だ　不慣(ふな)れだ　不利(ふり)だ　不人情(ふにんじょう)だ　不健康(ふけんこう)だ　不(ふ)細工(さいく)だ　不器用(ぶきよう)だ　不(ふ)しつけだ ……

無作法(ぶさほう)だ　無事(ぶじ)だ　無礼(ぶれい)だ　無愛想(ぶあいそう)だ　無遠慮(ぶえんりょ)だ　無意(むい)識(しき)だ　無意味(むいみ)だ ……

依然(いぜん)として　悠然(ゆうぜん)として　超然(ちょうぜん)として　泰然(たいぜん)として　堂々(どうどう)として ……

四角(しかく)い　ひどい（酷い・非道い）　かわいい（可愛い）かわいらしい　騒々(そうぞう)しい　仰々(ぎょうぎょう)しい　ばかばかしいうっとうしい　あっけない ……

デリケートだ　スマートだ　シックだ　ユニークだ ……

ナウい　かっくい ……

(2)　從含義上看，日語形容詞、形容動詞大致可分爲表示客觀性質、狀態和主觀感情、感覺兩種。在數量上，前一種比後一種多得多。

①　表示客觀性質、狀態的形容詞、形容動詞

△表示人和動物的性質、狀態的。

　　おとなしい　かしこい　ずるい　少(すく)ない　賢明(けんめい)だ　りこうだ　しあわせだ　びんぼうだ　まじめだ（後三個祇能用於人。）

△表示事物的性質、狀態的。

　　白(しろ)い　丸(まる)い　大(おお)きい　きれいだ
　　遠(とお)い　まっすぐだ　丈夫(じょうぶ)だ

△表示事情的性質的。

　　いい　わるい　正^{ただ}しい

　　むりだ　もっともだ

② 表示主觀的感覺、感情的形容詞、形容動詞

△表示感覺的。

　　だるい　いたい　ねむい　さむい　暑^{あつ}い　すずしい

△表示感情、心情的。

　　なつかしい　うれしい　楽^{たの}しい　悲^{かな}しい　さびしい

　　はずかしい　ありがたい（這一類詞不能用在第三人

　　稱。如果用在第三人稱，需後加～らしい、～そうだ或

　　～がる。）

　　すきだ　きらいだ　いやだ　残念^{ざんねん}だ

（註）有的形容詞兼備有客觀性質、狀態和主觀感覺、感情。

如：こわい　さむい　さびしい　おもしろい ……

　　(3)　日語形容詞中，有的帶否定形容詞ない，即以否定形式

出現。如：

　　少ない　そっけない　あっけない　だらしない　とんでも

　　ない　情^{なさけ}ない　敵^{かな}わない　つまらない　いたいけない…

2.　形容詞、形容動詞的對應關係

△形容詞←→形容詞

　　白^{しろ}い—黒^{くろ}い　大^{おお}きい—小^{ちい}さい　遠^{とお}い—近^{ちか}い　明^{あか}るい

　　—暗^{くら}い　深^{ふか}い—浅^{あさ}い　長^{なが}い—短^{みじか}い　高^{たか}い—安^{やす}い・

低い 軽い——重い 少ない——多い

△形容動詞←→形容動詞

幸運だ——非運だ（不運だ）　最悪だ——最良だ（最善だ）　不調だ——快調だ（好調だ）　有力だ——無力だ（非力だ）　具体的だ——抽象的だ

△形容詞←→動詞

ない——ある　貧しい——富む　若い——老いる　清い——濁る

△形容詞←→形容動詞

きたない——きれいだ　緩い——急だ　かしこい——ばかだ・愚かだ　忙しい——ひまだ

動詞、形容詞和形容動詞，統稱爲用言（用言）而名詞、代詞則統稱爲體言（体言）。

3. 形容詞的構造

從詞的構造上看，森田良行教授在《日本語の形容詞について》一文裡，把日語形容詞分爲單純形容詞（単純形容詞）、複合形容詞（複合形容詞）和轉換形容詞（転成形容詞）三種。

(1) 單純形容詞

赤い　明るい　浅い　暖かい　新しい　楽しい　低い　正しい　まずい

(2) 複合形容詞

△名詞＋形容詞

かびくさい　口うるさい　肌寒い　耳新しい　心苦し
い　心地よい　物淋しい　心細い　……

△接頭詞＋形容詞

真新しい　うら悲しい　お忙しい　お美しい　か細
い　小憎くらしい　小淋しい　……

△動詞＋形容詞

寝苦しい　恐れ多い　残り惜しい　照れ臭い　……

△形容詞詞幹＋形容詞

悪賢い　重苦しい　面白おかしい　細長い　甘酸っぱ
い　……

△詞的一部分＋形容詞

むず痒い　ほの暗い　うすら寒い　ほろ苦い　……

△名詞＋形容詞性接尾詞

油っこい　埃っぽい　色っぽい　男らしい　……

△形容詞詞幹＋形容詞接尾詞

丸っこい　青っぽい　白っぽい　……

△動詞＋形容詞性接尾詞

飽きっぽい　差し出がましい　……

△副詞＋形容詞性接尾詞

わざとがましい　……

(3)　轉換形容詞

來自名詞的

刺々しい　空々しい　事々しい　物々しい　……

△來自動詞的

思わしい 嘆かわしい 悩ましい 誇らしい 望ましい
涙ぐましい ……

△來自形容動詞的

ばかばかしい まめまめしい ……

△來自副詞的

甚だしい くだくだしい 晴々しい 清々しい ……

△來自形容詞的

にがにがしい 憎々しい 弱々しい 若々しい 痛々しい くどくどしい ……

從上例中可以看出，許多形容詞是由名詞和動詞、形容詞的詞幹、副詞或者以其疊語加 "しい" 形式出現的。這是形容詞的一個特點。

いまいましい（忌々しい） おおしい（雄々しい） おもおもしい（重々しい） かるがるしい（軽々しい） ずうずうしい（図々しい） ながながしい（長々しい） なまなましい（生々しい） めめしい（女々しい） わかわかしい（若々しい） ……

〔練習〕

指出下列形容詞、形容動詞是表示客觀性質的，還是主觀感情、感覺的。

①弱気だ ②無茶だ ③無意味だ ④せっかちだ ⑤勇ましい ⑥黄色い ⑦苦い ⑧さびしい ⑨小さい ⑩深い

第五節　副　詞

　　副詞是表示動作、情態、程度和數量的詞。日語一般把這些副詞分類爲情態副詞（情態副詞）、程度副詞（程度副詞）和敘述副詞（陳述副詞）三種。

1. 情態副詞

- 雨がザァザァ降る。（雨嘩嘩地下）
- ピカピカ光る。（閃閃地發亮）
- ゆっくり歩く。（慢慢地走）
- めきめき上達する。（進步很快）
- めっきり寒くなる。（顯得冷多了）
- わざと見せびらかす。（故意顯示）
- ぎょっとする。（嚇了一跳）
- 小鳥がしきりに鳴いている。（小鳥不停地鳴叫）
- ついに完成した。（終於完成了）

　　從以上例句可以看出。情態副詞都是做狀語修飾動詞，表示該動詞的情態、動作如何的。這種副詞帶有と和に的較多。如：

- ぎくりとする。（嚇了一跳）
- けろりとする。（若無其事）
- たじたじとなる。（招架不住，狼狽不堪）
- カチカチに凍った地面。（凍得很硬的地面）
- ボロボロに破れたズボン。（破爛不堪的褲子）

- 自転車を<u>ピカピカに</u>磨^{みが}いた。（把自行車擦得亮光光的）
- 花瓶^{かびん}を<u>粉々^{こなごな}に</u>割^わってしまった。（不留心把花瓶掉在地上，打得粉碎）

　　下面列舉的一些詞是形容詞、形容動詞的連用形，也是做狀語修飾動詞的。它的用法、作用與上述副詞一樣，因此，可以看作副詞。對此，有一派學者持有不同看法，認為這是形容詞、形容動詞的一種活用形，不是副詞，僅僅作為副詞性的狀語而已。如：

- <u>くわしく</u>説明^{せつめい}する（←くわしい）（詳細地説明）
- <u>すばやく</u>取^とり上^あげる（←すばやい）（敏捷地奪了下來）
- <u>しずかに</u>しなさい（←しずかだ）（安靜點兒）
- <u>不思議^{ふしぎ}に</u>思^{おも}う（←不思議だ）（感到奇怪）
- <u>無意識^{むいしき}に</u>もらす（←無意識だ）（無意識地流露出）

2. 程度副詞

(1) 程度副詞主要是修飾形容詞、形容動詞或情態副詞的，並限定其性質、狀態的程度。

- <u>かなり</u>おいしいね。（相當好吃嘛）
- <u>もっと</u>大^{おお}きいのを下^{くだ}さい。（請給我再大一點的）
- <u>たいへん</u>静^{しず}かだ。（非常安靜）
- <u>きわめて</u>元気^{げんき}だ。（精神很好，精力旺盛）
- <u>とりわけ</u>困難^{こんなん}だ。（尤其困難）
- <u>ずっしり</u>重^{おも}い。（沉甸甸的）
- <u>もっと</u>しっかり勉強^{べんきょう}しろ。（你還得好好地學習才是）

- ずっとはっきりしてきた。（清楚得多了）

(2)　與情態副詞一樣，程度副詞也可以修飾動詞，表示其狀態、情形的程度。

- ぼくにも少しくれよ。（你也給我一些啊）
- ずいぶん疲れたよ。（累極了）
- つよく心を引かれる。（強烈地被打動了心）
- よく似ている。（很像）
- こよなく愛する。（特別喜歡，疼愛）
- 深く感動する。（深爲感動）

(3)　程度副詞還可以修飾表示時間、空間的其他詞。

- ずっと昔の話。（很早以前的事情）（時間）
- ちょっと休もう。（稍微休息一下吧）（時間）
- 少々お待ち下さい。（請稍微等一下）（時間）
- この道をすこし南へ行くと，……。（沿著這條路往南走一小段路就……）（空間）
- かなり遠い。（相當遠）（空間）
- ほとんど満員だ。（幾乎客滿了）（空間）

(4)　程度副詞可以帶斷定助動詞だ・です做謂語。

- ほんの少しですが、……（很少一點兒東西，很不好意思，務必請收下）
- 人はいろいろだ。（人有各種各樣的人）
- それはもちろんだ。（那當然）
- もうたくさんだ。（夠了！）

注：(4)的用法，比(1)、(2)少得多。應該注意的是：情態副詞和程度副詞主要修飾用言，不但沒有活用形，而且不能做主語。情態副詞不能做謂語而部分程度副詞可以帶だ・です做謂語。

3. 敘述副詞

日語情態副詞和程度副詞主要是修飾用言的實質意義的。而敘述副詞是敘述講話人的態度如何的，也就是說修飾整句的。因此，它與謂語相呼應。這種呼應可以分如下六種。

△與否定形式的謂語呼應。

- <u>ろくに</u>勉強<u>しない</u>。（不好好地用功學習）
- <u>めったにない</u>チャンス。（少有的好機會）
- <u>まさか</u>うそでは<u>ない</u>でしょうね。（可不會是撒謊吧）
- <u>かいもく</u>わから<u>ない</u>。（完全不明白）
- <u>たいして</u>遠くあり<u>ません</u>。（不太遠）
- <u>てんで</u>相手に<u>しない</u>。（壓根兒不理睬）
- <u>絶対</u>だめだ。（絕對不行）
- わたしは<u>一切</u>知り<u>ません</u>。（我什麼也不了解）
- <u>決して</u>うそを申し<u>ません</u>。（決不撒謊）

△與既定事實相呼應。

- 親父の会社が<u>ついに</u>つぶれ<u>てしまった</u>。（家父的公司終於倒閉了）
- <u>もう</u>六時だ。（已經六點鐘了）

- めっきり寒くなりました。（顯得冷多了）
- 十年かかって、とうとう成功した。（用了十年時間，終於搞成功了）
- とっくに終ったよ。（早就結束了）
- あんのじょう留守だった。（果然不在家）

△與對未來的設想相呼應。
- いずれ近いうちにお伺いします。（改天來拜訪）
- いっそ新しいのを買おうか。（索性買新的吧，你說呢？）
- 分かり次第、お知らせします。（一弄清楚就通知你）
- さしあたり要るものだけ持っていく。（祇拿去暫時需要的）
- 当分この状態が続くものと思われます。（看來，這種狀態會持續一段時間）

△與表達假定形式相呼應。
- かりにほかの天体にも人がいるとしたら、……（假使其他星球上也有人的話，……）
- たとえ雨が降っても行きます。（即使下雨也去）
- もし雨なら、行くのはやめよう。（如果下雨，就不去吧）
- そんなことをして、万一火事になったら、どうするの？（你這樣幹，萬一起火了，怎麼辦呢？）
- いくら説明しても分かってもらえない。（怎麼說明也

—61—

得不到理解）

△與表達推量的形式相呼應。

- さぞ苦しかったでしょう。（一定是很痛苦的吧）
- もしかすると（＝もしかしたら）、かれかもしれないね。（或許是他呢）
- ひょっとすると、そうかもしれないね。（或許是那樣也未可知）
- おそらくもうだめでしょう。（恐怕不行了吧）
- もう三日も休んでいるから、あるいは病気かもしれないね。（已經三天沒來上班[課]了，說不定病倒了）

△與感嘆、願望、疑問等詞相呼應。

- 今日はなんといい天気だ。（今天的天氣實在太好了）
- どうかして成功させたいものだ。（無論如何也得讓它成功）
- ぜひまたおでかけ下さい。（務必請您再來玩）
- いったいどうしたんだ。（究竟怎麼啦？）
- なぜ（どうして）そうしなければならないのか。）（爲什麼一定要那樣做呢）

由於日語謂語在句末，因此，敘述副詞的呼應關係在幫助聽話人領會講話人的意思上所起的作用是較大的。

4. 表示時間的副詞

日語裡表示時間的名詞，往往被作爲表示時間狀語的副詞。

如：

- <u>さっき</u>食べたばかりです。（剛剛吃過）
- <u>今</u>、テレビを見ているところです。（正在看電視呢）
- かれは、<u>最近</u>結婚したばかりです。（他，最近剛結了婚）
- 私は、<u>将来</u>翻訳家になりたいと思っています。（我將來想當個翻譯家）

5. 表示數量的副詞

- まだ時間が<u>たくさん</u>あります。（時間還有很多）
- 持っていたお金を<u>全部</u>使ってしまった。（把手頭的錢全部花光了）
- 大都会には<u>いろんな</u>人間がうじゃうじゃしている。（大城市裡各種各樣的人多極了）
- <u>無数</u>にある星。（數不盡的星星）
- ジュースを<u>一口</u>飲んで、もう飲もうとしなかった。（喝了一口果汁後再也不肯喝了）
- リンゴを<u>いくつか</u>取り出した。（拿出來幾個蘋果）
- 口もとにご飯つぶが<u>一つ</u>付いているよ。（嘴邊上有一粒米飯呢）

6. 漢語副詞

借用漢語副詞的日語副詞，一般後續に、して。

つい（遂い）に　めった（滅多）に　別に　しき（頻）りに　じき（直）に　急に　特に　自棄に　晴れやかに　……　決して　断じて　大して　別して　黙然として　恍惚として　嬉々として　……

但也有直接借用漢語副詞的。如：

ごく（極）　じき（直）　一切　もちろん（勿論）　絶対　全然　たいてい（大抵）　皆目　少々　少し　大変　ぜひ（是非）　案外　相当　高々　……

〔練習〕

一、用假名填入適當的副詞。

①宿題のことを（　　　　　）忘れていた。

②（　　　　　）雲は流れていく。

③それから戸を（　　　　　）開けた。

④夏の日ざしは（　　　）強かった。

⑤（　　　）大きいのはありませんか。

⑥ポチの頭を（　　　　　）なでた。

⑦（　　　）雨が降るでしょう。

⑧（　　）雪が降れば、やめよう。

⑨あの頃は彼に（　　）会った。

⑩彼は自転車を（　　　　　）磨いた。

⑪（　　　　　）疲れた。

⑫（　　　　）上達する。

⑬船が（　　　）傾いた。

⑭私のうちへも（　　　）遊びに来て下さい。

⑮一週間したら（　　　）帰ってくるよ。

⑯お前の言うことは（　　　）分からない。

⑰この漫画は（　　　）おもしろくないね。

⑱（　　　）よろしくお願いします。

⑲（　　　）生ける屍のようだ。

⑳（　　　）除名されても正しいことは言うぞ。

二、指出下列句子中有劃線的詞的成分（名詞、形容詞、形容動詞、副詞）

①彼はそれを<u>堂々と</u>言い切ったのです。

②彼が来なかったのを<u>残念に</u>思います。

③母が帰ると、弟は<u>ほがらかに</u>なります。

④西の空が<u>まっかに</u>そまった。

⑤かがり火が<u>赤々と</u>もえています。

⑥赤に黄色をまぜると、<u>だいだい色</u>になります。

⑦小雨が<u>しとしと</u>降り出した。

⑧海は<u>まったく</u>平らで、波一つなかった。

⑨この<u>近く</u>で泳いではいけません。

⑩「もうおそいから、<u>早く</u>帰りなさい。」「ええ、<u>すぐ</u>帰ります。<u>あした</u>また来ます。」

第六節　擬聲詞、擬態詞、情態詞

1. 擬聲詞

擬聲詞在日語裡叫做"擬声語"或擬音語"。它是摹擬人、動物的聲音或物品相碰發出的聲音，即摹擬外界聲響的詞，因此是有聲響的。

- 犬がワンワンほえる。（狗汪汪叫）
- 子供がワイワイ騒いでいる。（孩子們在喧嘩著）
- 子供がキャッキャッと笑う。（孩子們格格地笑）
- クスッと笑う。（噗哧一聲笑了出來）
- ガチャンと割れる。（哐啷一聲碎了）
- 雷がゴロゴロ鳴る。（雷聲轟隆隆地響）
- 雨がザァッと降ってきた。（嘩嘩地下起雨來了）
- 鐘をガンガン鳴らす。（把鐘敲得隆隆響）

2. 擬態詞

擬態詞（擬態語）是摹擬沒有聲響的外界某狀態的一種象徵詞。

- モクモクと煙が出る。（黑煙滾滾昇騰）
- 蝶々がヒラヒラと飛ぶ。（蝴蝶翩翩飛舞）
- 星がキラキラ光る。（繁星閃爍）
- ピカピカ光るまで磨く。（磨到鐙亮鐙亮）
- ガンガン宣伝する。（大力宣傳）
- ウトウトする。（矇矇矓矓的）

- <u>ホロホロ</u>涙^{なみだ}を流^{なが}す。（眼淚往下淌）
- <u>カチカチ</u>に凍^{こお}る。（凍成硬繃繃的）

3. 情態詞

<u>情態詞</u>（擬^ぎ情^{じょう}語^ご）是把人的心情、心理活動象徵性地表達出來的詞。

- <u>クヨクヨ</u>心配^{いんぱい}するな。（別愁悶）
- <u>オズオズ</u>する。（戰戰兢兢的）
- <u>イライラ</u>しながら待^まっている。（焦躁地等著）
- <u>ヤキモキ</u>する。（著急，焦急）
- <u>ムカムカ</u>する。（怒上心頭）

借用漢語的擬態詞、情態詞的也不少。如：

- <u>忽然^{こつぜん}として</u>現^{あら}われる。（忽然出現）
- <u>寂^{せき}として</u>声^{こえ}なし。（寂然無聲）
- <u>燦々^{さんさん}と</u>日^ひが注^{そそ}ぐ。（陽光燦爛地普照）
- <u>煌々^{こうこう}と</u>燈^ひがともる。（燈亮堂堂的）
- <u>炎々^{えんえん}と</u>燃^もえる。（火熊熊燃燒著）
- <u>断乎^{だんこ}として</u>取締^{とりし}まる。（堅決取締）
- <u>恍惚^{こうこつ}として</u>聞^ききほれる。（聽得入迷）
- <u>敢然^{かんぜん}と</u>立^たち向^{むか}う。（敢於對抗）
- <u>意気揚々^{いきようよう}と</u>凱旋^{がいせん}する。（得意揚揚地凱旋歸來）
- <u>戦々恐々^{せんせんきょうきょう}と</u>する。（戰戰兢兢的）

〔練習〕

一、指出下列擬聲詞、擬態詞有何不同的感覺？

 ①どんぐりが<u>こつん</u>と頭を打ちました。

 ②柱で<u>ごつん</u>と頭を打ちました。

 ③<u>ぽーん</u>とボールを投げた。

 ④<u>ぽん</u>とボールを投げた。

 ⑤犬が<u>ぺろぺろ</u>となめた。

 ⑥犬が<u>ぺろり</u>となめた。

 ⑦<u>ヒヤヒヤ</u>したよ。

 ⑧<u>ヒャッ</u>としたよ。

 ⑨電車が<u>ごとんごとん</u>と走っていく。

 ⑩電車が<u>ごとごと</u>走っていく。

 ⑪姉が<u>にこにこ</u>笑う。

 ⑫姉が<u>にっこり</u>笑う。

二、指出有劃線的詞是擬聲詞還是擬態詞。

 ①たいこが<u>どんどん</u>なっている。

 ②水が<u>どんどん</u>ふえていく。

 ③とけいを<u>ばらばら</u>にこわした。

 ④ひょうがやねに<u>ばらばら</u>あたる。

 ⑤<u>かちんと</u>頭にきた。

 ⑥<u>かちんと</u>かぎがかかった。

 ⑦かれは<u>かんかん</u>に怒った。

 ⑧金づちで<u>かんかん</u>たたく。

⑨水を<u>ざぶざぶ</u>かけて泥をあらい流す。

⑩<u>ざぶざぶ</u>と小川をわたる。

4. 擬聲詞、擬態詞、情態詞的構造

日語擬聲詞、擬態詞、情態詞有如下幾種類型。

△以撥音ん結束。

- <u>がたん</u>といって電車が止った。（咯蹬一聲電車停下來了）
- <u>ぶーん</u>と蜂が飛び立つ。（蜂嗡嗡地飛了起來）
- <u>ごつん</u>とげんこつを食わせる。（啪地給以一拳）
- <u>ぴしゃん</u>と音を立てる。（砰地一聲響）

△以促音っ結束。

- <u>がらっ</u>と戸をあけはなす。（嘩啦一聲把門打開）
- <u>にこっ</u>と笑う。（嫣然一笑）
- さくらが<u>ぱっ</u>とひらく。（櫻花一下子盛開）
- <u>ぴかっ</u>と光る。（電光等閃了一下）
- <u>ぎょっ</u>とする。（嚇了一跳）

△以り結束。

- <u>どきり</u>とする。（＝<u>ぎくり</u>とする）（嚇了一跳）
- <u>ことり</u>とも音がしない。（一點兒聲音也沒有）
- <u>にやり</u>と笑う。（奸笑）
- <u>くるり</u>と向きを変える。（驟然轉過方向）
- <u>ひらり</u>とかわす。（敏捷地躲開）

－69－

△反復形

- やかんが<u>ちんちん</u>と音(おと)を立(た)てる。（水壼裡的水嘩嘩地響）
- <u>かちんかちん</u>に凍(こお)らせる。（給凍得硬繃繃的）
- <u>びりびり</u>と破(やぶ)る。（撕得粉碎）
- 大(おお)きな目(め)を<u>くりくり</u>とさせる。（眼睛睜得滴滴兒圓）
- からだが<u>がたがた</u>になる。（身體很差，到處有毛病）
- シャツが<u>びしょびしょ</u>にぬれる。（襯衫濕透）
- <u>がたがた</u>ふるえる。（身子直打哆嗦）

應該注意到擬聲詞、擬態詞和情態詞在詞末往往加と或に。

5. 擬聲詞、擬態詞、情態詞的構詞能力

日語擬聲詞、擬態詞、情態詞有較強的構詞能力。這在日語詞彙學上一向受到重視。

- むかむかする──→むかつく（噁心、怒上心頭）
- こそこそ──→こそ泥(どろ)（小偷）
- ふらふらする──→ふらつく（頭暈腳軟、踉蹌）
- ぐらぐらする──→ぐらつく（搖晃、動搖）
- べたべたする──→べたつく（發黏、糾纏著撒嬌）
- よろよろする──→よろめく（踉蹌、蹣跚）
- きらきらする──→きらめく（閃爍）
- そよそよ吹(ふ)く風(かぜ)──→そよ風(かぜ)（微風）
- びしょびしょぬれる──→びしょぬれ（濕淋淋）

- ごろりと寝る──→ごろ寝（する）（和衣睡覺）
- がらがらに空く──→がら空き（空蕩蕩）
- ぼろぼろ──→ぼろ切れ（破布）
- ぴかぴか──→金ぴか（金光閃閃）
- ばらばら──→ばらばら死体（支解的屍體）
- むっつり──→むっつり屋（沉默寡言的人）

6. 擬聲詞、擬態詞、情態詞的特徵

△以ツ、ン、リ結束的居多。

△有關觸覺的較多。如：

さらさら　つるつる　べたべた　ねばねば　ふわふわ
ひやひや　すべすべ ……

△有關人的心情、態度的情態詞較多。如：

くすくす　にこにこ　やきもき　いらいら　さばさば
いそいそ　わくわく ……

△有關嗅覺、味覺的很少。如：

ぷんぷん（におう）　つんと鼻をつく（ガス　辛いも
の）等。

7. 擬聲詞、擬態詞、情態詞的節奏拍數

一拍　つ（と立ち上がる）

二拍　すい（とかわす）　かっ（となる）　ぎゅっ（とし
　　　　めつける）　ぺっ（と吐く）

三拍　けろっ（とする）　けろり（とする）　ぽろり（と
　　　落とす）　きょとん（とする）　せっせ（と働<ruby>働<rt>はたら</rt></ruby>
　　　く）　さっさ（と<ruby>片付<rt>かた づ</rt></ruby>ける）

四拍　いらいら（する）　じたばた（する）　あたふた
　　　（と<ruby>帰<rt>かえ</rt></ruby>る）　がみがみ（<ruby>言<rt>い</rt></ruby>う）　うろちょろ（す
　　　る）

五拍　きらきらっ（と<ruby>光<rt>ひか</rt></ruby>った）　どっかーん（と<ruby>落<rt>お</rt></ruby>ちた）
　　　ばったーん（と<ruby>倒<rt>たお</rt></ruby>れる）

六拍　うつらうつら（といねむりする）　のそりのそり
　　　（と<ruby>歩<rt>ある</rt></ruby>く）　こてんこてん（にやっつける）　のら
　　　りくらり（と<ruby>日<rt>ひ</rt></ruby>を<ruby>送<rt>おく</rt></ruby>る）

七拍　からからからん　ころころころん　すってんころり
　　　ばたばたばたっ　ちらちらちらり

八拍　ごろごろぴかぴか（と<ruby>鳴<rt>な</rt></ruby>る）　かたかたことこと
　　　（<ruby>音<rt>おと</rt></ruby>を<ruby>立<rt>た</rt></ruby>てる）　かたことかたこと　こっくりこっ
　　　くり

8.　為什麼日語有較多的擬聲詞和擬態詞

　　與漢語相比，日語裡的擬聲詞、擬態詞相當多。這看來與日
語動詞不如漢語動詞能表達得具體、詳細有關。試以“<ruby>見<rt>み</rt></ruby>る”、
“笑う”這兩個動詞爲例，漢語動詞的表達能力就比日語動詞更
具體、更詳細。日語爲了彌補這一不足，就創造了豐富的擬聲詞
和擬態詞。

見る（看）──→まじまじ見る（盯，注意看）　じろっと見る・じろりと見る（瞪，睜大眼睛看）　ちらっと見る（瞥，匆匆一看）　ながし目に見る（瞟，斜眼看）　盗み見する（窺，偷看）

笑う（笑）──→にこにこ笑う（微笑）　くすくす笑う（竊笑）　にたりと笑う・にたにたと笑う（奸笑）　げらげら笑う（狂笑）

〔練習〕

下列句子有擬聲詞、擬態詞和情態詞。請仔細閱讀，指出其含義。

　風がざあっと吹くと、栗の木はばらばらと実をおとしました。　りすがぴょんととんでいました。　一郎が顔をまっかにして、汗をぽとぽとおとしながら、その坂をのぼりますと、にわかにぱっと明るくなって、眼がちくっとしました。　草は風にざわざわ鳴りました。　一郎はぎょっとしました。　男はにやにやして……にたにた笑って叫びました。　山猫はひげをぴんとひっぱりました。　マッチをしゅっと擦って……青いけむりをふうと吐きました。　気をつけの姿勢で、しゃんと立っていました。　なみだをぽろぽろこぼしました。　パチパチ塩のはぜるような音　円いものが、ぴかぴかひかって……わあわあわあわあ、みんななにか云っているのです。　ざっくざっくと…草を刈り

ました。　鈴をがらんがらんがらんがらんと振りました。
がやがやがやがや、もうなにがなんだかわからなくなりま
した。　どんぐりは、しいんとしてしまいました。　目を
ぱちぱちさせていました。　木や藪がけむりのようにぐら
ぐらゆれました。

第七節　連　詞

1.　什麼是連詞？

△爲了要表示與前面句子的關係，放在句首的詞叫做連詞
（接続詞）。

- 毎日よく勉強しています。それでも日本語はなかな
  かうまくなれません。（每天很用功，可是總是提高不
  了日語能力）
- きょうは八月七日で、立秋です。しかし、「秋の始
  まり」も名前だけで、まだ真夏の暑さです。（今天是
  八月七日，是立秋。可是"秋天之始"不過是日曆上
  的，天還正熱著呢）

△連接單詞的詞也叫連詞。

- 新聞およびテレビ。（報紙和電視）
- 勝つかあるいは敗けるかは、やってみなければわから
  ない。（是勝是負得比賽方能知曉）

△連接句節（文節）的詞也叫連詞。

- 参考書を見たし、それに辞書も調べた。（也看過參考

書而且也查過辭典）

- へやは明_あるく、そして、たいへん広_{ひろ}い。（房間既明亮
又寬敞）

連詞沒有活用，也不能成爲主題、謂語、修飾語。

2. 意義上的分類

連詞從意義上可分類爲如下幾種。

△並列

そして　および　かつ　ならびに　それから ……

△添加

また　それに　そのうえ　しかも ……

△選擇

あるいは　または　もしくは　それとも ……

△順接

したがって　すると　それで　だから　ゆえに　そうす
ると ……

△逆接

が　けれど　だけど　しかし　でも　ところが　それな
のに　それでも ……

△說明

すなわち　つまり　例えば　要するに ……

△補充

ただし　だって　なぜなら　というのは ……

△轉換

　　さて　では　ときに　なお　もっとも ……

3. 連詞的用法

　　△有些連詞具有兩個以上含義。如：

　　• 「わたしは六時<ruby>六時<rt>ろくじ</rt></ruby>ごろうちへ<ruby>帰<rt>かえ</rt></ruby>りました。」「それから
　　　なにをしましたか。」（"我六點鐘左右就回家了"
　　　"然後又幹了什麼呢？"（添加）

　　• ちょっと<ruby>紙<rt>かみ</rt></ruby>を<ruby>買<rt>か</rt></ruby>ってきて。それからインキも。（你替
　　　我去買些紙張來。另外再買些墨水）（並列）

　　△日語連詞可以添加助詞、助動詞構成一個句子用。以しか
し爲例：

　　　しかしね　しかしなあ　しかしだ　しかしだよ　しかし
　　　ですね

　　△日語連詞一般放在句首，但也可以放入句中。如：

　　　「しかし、それは考えものだよ。」→「それは、しかし
　　　考えものだよ。」（話雖那麼說，此事還是慎重考慮的
　　　好）

〔練習〕

　　請填上連詞。

　　①東京（　　　　）大阪は日本の二大都市である。

　　②英語（　　　　）フランス語。

③彼は絵が上手だ。（　　　　　）、歌も上手だ。

④雨はやんだ。（　　　　）、風はまだ強い。

⑤雨が降っていた。（　　　　）、出かけるのをやめた。

⑥（　　　　）私が困ります。

⑦江戸（　　　　）現在の東京。

⑧（　　　）、どこから手をつけようか。

⑨「もう寝なさい。」「（　　　　）まだ眠くない。」

⑩「やると言ったから、必ずやってあげるよ。」

　　「（　　　）、悪いよ。」

第八節　感嘆詞

　　直接表示驚訝、疑問、咏嘆、高興等感情、或提醒、制止、勸誘、招呼、答應等意志的詞，叫做感嘆詞（感動詞<ruby>感動詞<rt>かんどうし</rt></ruby>）。日語裡又叫“感嘆詞<ruby>感嘆詞<rt>かんたんし</rt></ruby>”或“間投詞<ruby>間投詞<rt>かんとうし</rt></ruby>”。

　　日語感嘆詞大致可分成以驚訝、詠嘆爲代表的和以打招呼、應答爲代表的兩大類。前者爲直接表達感情的，後者爲打招呼或回話時發出的聲音。因此，大多用於口語（書面語不大用）。

　　日語感嘆詞有如下幾種類型：

來自表示感情或應答等的聲音──おお　おや　まあ　ええ
　　……

由其他詞類轉成──これ　それ　あれ　どれ　ちょっと
　　もし　よし　しまった　……

叠詞形式──もしもし　どれどれ　これこれ　……

複合而成——おやまあ　いやはや　あれまあ　はいよ ……

其他——あい　へい　おっと　おやっ　どうれ　はあて

ありゃ　じゃ　へい ……

第九節　詞類的轉換

1. **什麼叫詞類的轉換？**

　　日語裡屬於某一類的詞改變其意義、機能，成為其他一類詞的，叫做<u>詞類的轉換</u>（品詞の転成）。

- 「<u>それ</u>を取って下さい」（"勞駕你給我拿一拿那個"）（代詞）──「<u>それ</u>行け！」（"上！"）（感嘆詞）

- この<u>みずうみ</u>は<u>深い</u>。（這個湖很深。）（形容詞）──<u>深く</u>もぐる。（潛入很深）（副詞）──川の<u>深さ</u>をはかる。（測量河的深度）（名詞）

- 水が<u>流れる</u>。（水流）（動詞）──この川は<u>流れ</u>が速い。（這條河流速快）（名詞）

　　請注意，不是所有的動詞的連用形都能轉換成名詞的。試以 "読む"、"書く"、"話す"、"聞く" 為例：

　○<u>読み</u>が下手だ。（不善於看得深看得遠）

　○<u>読み</u>が甘い。（估計得太簡單）

　○<u>読み書き</u>を習う。（學習讀寫）

　○話 をする。（說話）

　×書きが下手だ。

×聞きをする。

2. 詞類轉換法

日語詞類的轉換有如下幾種類型：

△動詞──→名詞

- プールで<u>泳ぐ</u>。（在游泳池游泳）──→<u>泳ぎ</u>がうまい。

  （善於游泳）

- <u>魚</u>を<u>つる</u>。（釣魚）──→先生は<u>つり</u>が好きだ。（老

  師喜歡釣魚）

- 戦争が<u>起こる</u>。（發生戰争）──→けんかの<u>起こり</u>はど

  ういうことからですか。（吵架的起因是什麼？）

- 人々に協力を<u>呼び掛ける</u>。（呼籲大家協助）──→人

  々はかれの<u>呼び掛け</u>に応えて、……。（人們響應了他

  的呼籲……）。

- 交渉が<u>行き詰った</u>。（談判擱淺了）──→<u>行き詰り</u>を

  打開する。（打開僵局）

- なかなか実行に<u>踏み切れない</u>。（猶豫不決，老不能付

  諸實行）──→<u>踏み切り</u>を渡る。（過鐵路道口）

△形容詞、形容動詞──→名詞

去掉詞尾，放上さ或み，則可轉成表示程度的名詞。

- きょうは<u>寒い</u>ね。（今天冷啊）──→きょうの<u>寒さ</u>はひ

  どいね。（今天冷得厲害啊）

- <u>高い</u>山（高山）──→あの山の<u>高さ</u>は何メートルです

か。（那座山有多高？）

• 会えてうれしいよ。（能見到你很高興）——会えたう
れしさに、思わず涙をこぼした。（由於能見到的高
興勁兒，不由得流出了眼淚）

• 山田さんはとても親切です。（山田先生待人很熱心）
——山田さんの親切さは、ほかの人にはまねができな
いでしょう。（山田先生的那熱心的態度，別人是難以
做到的）

• 甘いおしるこ。（甜年糕小豆湯）——このおしるこは
甘みが足りない。（這年糕小豆湯不夠甜）

• あたたかい心の持ち主。（熱心腸的人）——かれは
あたたかみが足りない。（他對別人不夠體貼）

• 真剣に勉強する。（認眞學習）——真剣みを帯びた
勉強ぶり。（學習極爲認眞用功）

　幾乎所有的形容詞、形容動詞的詞幹都可以加さ轉換成表示
程度的名詞。但加み轉換成名詞的範圍就小得多。如"つめた
い"、"つまらない"、"うれしい"都可以加さ而不能加み成
爲名詞。

　さ還可以添加在"動詞＋たい"後面轉換成名詞。如：

　　読みたい——読みたさ　走りたい——走りたさ　食べた
い——食べたさ　会いたい——会いたさ

〔練習〕

把下列詞轉換成名詞，然後填進下列適當句子中的括弧裡。

　のこる　あつまる　行き止まる　泊まり込む　きまる

　くるしい　くらい　腹黒い　　雄大だ　のろまだ

①きょうは人の（　　　　）がわるい。

②（　　　　）はまだいくらありますか。

③学校の（　　　　）を守る。

④道はそこで（　　　　）だ。

⑤（　　　　）のお手伝いさんがほしい。

⑥顔に（　　　　）が表われている。

⑦貧乏の（　　　　）は君には分かるまい。

⑧彼の（　　　　）がよく分かった。

⑨ヒマラヤ山の（　　　　）は有名だ。

⑩カメさんの（　　　　）をみんなが笑った。

△部分形容詞──→形容動詞

去掉詞尾い，加上げ可轉換成表示"看來似乎……的樣子"

的形容動詞。

• 苦(くる)しい（痛苦）──→苦しげに言(い)う。（以痛苦的心情
　說）

• うれしい（高興）──→うれしげな顔付(かおつ)き。（滿臉高興
　的表情）

• あぶない（危險）──→ヨチヨチとあぶなげに歩(ある)く。

— 81 —

（晃晃悠悠地學著走路）

- かなしい（悲傷）──→かなしげな 表 情。（面帶悲鬱
的神情）

- かわいい（可愛）──→かわいげがない。（沒有可愛之
處）

- なつかしい（懷念）──→なつかしげに話しかける。
（以親近的心情搭話）

△部分形容詞──→形容詞、形容動詞
- 暖かい（暖和）──→生暖かい。（微暖的）
- 丸い（圓）──→まん丸い／まん丸な（滴溜兒圓的）
- 弱い（弱）──→ひ弱い／ひ弱な（纖弱的）
- 黄色い（黃色的）──→まっ黄色い／まっ黄色な（黃橙
橙的）
- 白い（白）──→まっ白い／まっ白な（雪白的、潔白
的）
- 青い（青）──→まっ青な（蔚藍，蒼白）
- 赤い（赤）──→まっ赤な（鮮紅的，火紅的）
- 暗い（暗）──→まっ暗な（漆黑的）
- 黒い（黑）──→まっ黒な（烏黑的）

△形容詞、形容動詞──→副詞

把形容詞的い、形容動詞的だ分別改爲く和に，該詞就可以
轉換成形容詞性副詞。
- 強い風が吹いてきた。（颳起強風來了）──→風がます

ます強く吹いてきた。（風越颳越厲害）

- きれいな花が咲いている。（開著美麗的花兒）──→花がきれいに咲いている。（花開得漂亮極了）

- はやい（快）──→はやく（快～）

- 大きい（大）──→大きく（大～）

- 静かだ（静的）──→静かに（静地～）

- 上手だ（好，高明）──→上手に（～得好）

〔練習〕

把下列形容詞轉換成副詞。

①初江は夫人からきびしいこごとを言われた。──→初江は夫人から（　　　　　）しかられた。

②まどからあかるい朝の光がさしこんだ。──→まどから朝の光が（　　　　　）さしこんだ。

③みごとな絵ができあがった。──→絵が（　　　　　）できあがった。

④出されたのは簡単な問題だった。──→その問題は（　　　　　）とけた。

⑤のどかな毎日を送る。──→（　　　　　）日を過ごす。

　△部分形容詞、形容動詞──→動詞

①　去掉表示心情的形容詞詞尾い或形容動詞詞尾だ，加上がる則可轉換成動詞。

- さびしい（寂寞）──→さびしがる（感覺寂寞）
- ほしい（想要）──→ほしがる（想要得到手）
- おもしろい（有趣兒）──→おもしろがる（感到有趣）
- ありがたい(値得感謝)──→ありがたがる(感激) ……
- ふしぎだ（奇怪）──→ふしぎがる（感到奇怪）
- ざんねんだ（遺憾）──→ざんねんがる（感到可惜）
- 気の毒だ（感到可憐）──→気の毒がる（覺得很可憐）
- やっかいだ(麻煩)──→やっかいがる(覺得很麻煩)
……

（注）表示客觀性質的形容詞、形容動詞不能加がる。
如：高い──→×高がる　しずかだ──→×しずかがる。

②　有的形容詞去掉詞尾い，加上める、まる、む等，可以轉換成動詞。

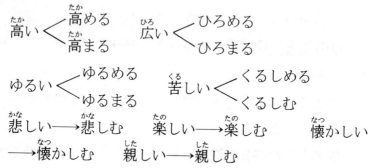

高い 〈 高める / 高まる　　広い 〈 ひろめる / ひろまる

ゆるい 〈 ゆるめる / ゆるまる　　苦しい 〈 くるしめる / くるしむ

悲しい──→悲しむ　楽しい──→楽しむ　懐かしい──→懐かしむ　親しい──→親しむ

〔練習〕

把下列詞轉換爲動詞。

さむい→（　　　　）　　まるい→（　　　　）　　はや

い→（　　　　） 　　たのしい→（　　　　） 　　はず
かしい→（　　　　） 　　いやだ→（　　　　） 恐縮
だ→（　　　　） 　　珍重だ→（　　　　）

△副詞──→動詞

一部分副詞加上めく、つく，可以轉換成動詞。

• 星<ruby>星<rt>ほし</rt></ruby>がきらきら<ruby>光<rt>ひか</rt></ruby>る。（星光閃耀）──→星がきらめく。
　（星星閃耀）

• はたはたと<ruby>旗<rt>はた</rt></ruby>がひるがえる。（旗子嘩啦嘩啦地飄動）
　──→旗がはためく。（旗子飄動）

• ろうそくの<ruby>火<rt>ひ</rt></ruby>がゆらゆら<ruby>揺<rt>ゆ</rt></ruby>れる。（蠟燭的光搖曳）
　──→ろうそくの火がゆらめく。（蠟燭的火搖曳）

• あたりをうろうろ<ruby>歩<rt>ある</rt></ruby>き<ruby>回<rt>まわ</rt></ruby>る。（在附近一帶走來走去）
　──→あたりをうろつく。（在附近一帶打轉轉）

• あたりをぶらぶら<ruby>散<rt>さん</rt></ruby><ruby>歩<rt>ぽ</rt></ruby>する。（在附近蹓躂）──→あた
りをぶらつく。（在附近散步）

• <ruby>疲<rt>つか</rt></ruby>れてふらふらになる。（累得精疲力竭）──→<ruby>足<rt>あし</rt></ruby>がふ
らつく。（步伐蹣跚）

• ねばねばとする。（發粘）──→のりで指がねばつく。
　（手指沾上漿糊黏黏糊糊的）

〔練習〕

把下列副詞轉換成動詞。

べたべた（する）→（　　　　　　）　　ざわざわ（する）
→（　　　　　　）　　ひらひら（する）→（
）　　むかむか（する）→（　　　　　　）

△名詞──→形容詞、形容動詞

①　在名詞後加上接尾詞らしい、っぽい，可以轉換成形容
詞。

- 春の花が咲いた。（春天的花開了）──→春らしい花が
咲いた。（開了與春天相稱的花）
- 男──→男らしい男になりたい。（想成爲一個眞正的
男子漢）
- 家具──→家具らしい家具もない。（連一件像樣的家具
也沒有）
- 子供のことば──→子供っぽいことば。（帶有稚氣的詞
語）
- 理屈（道理）──→理屈っぽい人。（好講小道理的人）
- 皮肉（挖苦）──→皮肉っぽい。（帶有挖苦的）

②　在漢語名詞後加"的"，可以轉換成形容動詞。

- 詩のような表現（詩一般的表達）──→詩的な表現。
（富有詩意的表達）
- 大陸の平野（大陸的平野）──→大陸的な平野。（具有

大陸性的平原）

・科学──→科学的　　・音楽──→音樂的　　・近代──→
近代的　　・人間──→人間的　　・都会──→都會的
……

第四章　單詞的體系

1.　各個單詞間的聯繫

　　一般說來，沒有概念就沒有單詞（但有了概念也不一定有單詞）。當人們要探索詞彙分布狀況時，往往採取按照概念的體系來排列單詞的方法。因爲一種語言的詞彙不僅由全部單詞構成，而且有時各個單詞之間是有一定的聯繫的。這樣，把表示同一類概念的單詞擺列出來，能幫助理解其分布狀況。如：

　　詞彙中表示親族的單詞——父　母　息子　娘　祖父　祖母　兄　姉　弟　妹　孫　曾孫／ひ孫　曾祖父／ひいじいさん　曾祖母／ひいばあさん　おじ　おば　おい　めい　いとこ……

　　詞彙中表示色彩的單詞——赤　黄　緑　青　紫　白　灰色　黒　茶色　ピンク……

　　詞彙中表示吃（喝）的單詞——食う　食べる　召し上がる　かじる　なめる　飲む　すする　吸う　もどす　吐く……

　　詞彙中表示以"今天"爲中心的單詞——さきおととい　おととい　きのう　きょう　あした　あさって　しあさって

　　詞彙中表示溫度的單詞——暑い　暖かい　むし暑い　ぬる

い　温暖だ　涼しい　冷たい　寒い　寒冷だ　……

2.　單詞的含義聯繫

　　詞彙中的單詞與單詞之間的含義聯繫又如何呢？以“食う”
爲例，人們首先會聯想到同義詞“食べる”、“召し上がる”和
近義詞“かじる”、“なめる”，接著又會擴大到“飲む”、
“すする”、“吸う”，也容易聯想到反義詞“吐く”、“もど
す”等。因爲這些單詞與取食物、藥物等物到體內，或者把它
“吐”出來有關，從而發生聯繫。

　　再以“暑い”爲例，這個單詞與表示溫度的“暖かい”、
“むし暑い”、“ぬるい”、“温暖だ”、“涼しい”、“冷た
い”、“寒い”、“寒冷だ”等單詞都有關，從而形成一個表示
溫暖寒冷的小小體系。而“暑い”這個單詞在含義上與“暖か
い”、“温暖だ”含義相似（近義詞），與“寒い”、“寒冷
だ”含義相反（反義詞），比“むし暑い”含義更寬。

　　又以“家具”爲例，這個單詞與“いす”、“つくえ”、
“本ばこ”、“たんす”等單詞有聯繫、有關係。“家具”對
“いす”等其他單詞而言是上位詞，“いす”等其他單詞則是
“家具”的下位詞。

第一節　同義詞

1.　完全相同的同義詞是沒有的。

　　①　語言中有些單詞的詞義完全相同，但在語法上、修飾上

的功能以及語感等，則不完全一樣。換句話說，完全相同的同義詞是沒有的。而有些單詞的含義相似，祇有細微的差別。單詞聲音不同而含義完全相同的叫做同義詞或等義詞（同義語），聲音不同而含義相近的叫做近義詞（類義語）。語言裡，如果有豐富的同義詞，可以使人們表示精密化、語感細膩化，風格多樣化。

日語的同義詞之間一定有些不同之處，或者在含義上，或者在語感上，或者在用法（文體）上等等。例如：

歯医者（はいしゃ）—歯科医（しかい）　丸焼け（まるや）—全焼（ぜんしょう）　びんぼうな—まずしい　……（口語—書面語）

手紙（てがみ）—書簡（しょかん）—レター　宿屋（やどや）—旅館（りょかん）—ホテル

洗（あら）う—洗濯（せんたく）する—クリーニング（する）……（和語—漢語—外來語）

すする—飲む—吸う　……（對象不同）

食べる（た）—食（く）う　びっくりする—たまげる　子供（こども）—がき　……（一般語—俗語）

食（く）らう—食（く）う—食（た）べる—召（め）し上（あ）がる　……（鄭重程度不同）

映画（えいが）—活動写真（かつどうしゃしん）　バス—乗（の）り合（あ）い自動車（じどうしゃ）　手紙（てがみ）—ふみ　……（現代語—陳舊語）

あなた—きさま　なくなる—くたばる　おっしゃる—ほざく　……（尊敬語—蔑視語）

（注）"悲しい"、"悲しむ"、"悲しさ"這三個詞不是同義詞，因爲它們所屬詞類不同。不同詞類，一般不作爲同義

詞看待。

② 較多的日語同義詞，詞義總是有些不同的。如：

のむ―すう　　コップ―ゆのみ　　ひも―つな
駐車（ちゅうしゃ）―停車（ていしゃ）　　入梅（にゅうばい）―梅雨（つゆ）　　数える―計算（けいさん）する
におう―かおる　　はだし―素足（すあし）　　こがたな―ナ
イフ　　ぴかり―ぴかぴか　　わる―くだく　寒（さむ）い
―冷（つめ）たい

〔練習〕

指出下列單詞有何不同。

午後―昼すぎ　　にこにこ―にやにや　　早い―速い
暑い―熱い　　泣き声―鳴き声　　器械―機械　　共
同―協同　　数える―計算する

③ 有的同義詞意義相同，但感情色彩、使用場面、語體色
彩却不同。如：

△感情色彩不同

- これ、やるよ。（這個給你吧）―これを差（さ）し上（あ）げま
す。（這個給您）
- これを友達（ともだち）にもらったよ。（這個是朋友送給我的）
―これを先生（せんせい）からいただきました。（這是老師送給
我的）
- 乗用車（じょうようしゃ）―お車（くるま）　　くる―見える　　かお―つら…

△使用場面不同

決める―定める　会う―会見する　歯医者―歯
科医　火事（見舞）―火災（報知機）……

△語體色彩不同

休む―憩う　集まる―集う　誘う―いざなう
少女―乙女……

④　有的同義詞意義相同，但有古今新舊之分。如：

カメラ―写真機　映画―活動写真　サラリー
マン―月給取り　駅―停車場　石けん―シャ
ボン　スピーカー―拡声器　トラック―貨物自
動車　サングラス―色めがね　トイレ（ット）
―ご不浄　デパート―百貨店　結婚―
婚礼……

〔練習〕

一、下面的單詞都是同義詞，指出最常用的詞。

・書物　本　図書　書籍
・仮り寝　うたたね　仮眠　いねむり
・目下　現在　現今　いま　当今
・おこる　いかる　いきどおる　ふくれる　立腹
する
・だいたい　おおよそ　おおむね　あらかた

二、區別下列單詞的含義。

森―林　ごみ―ほこり　上がる―登る　批評―批判　めし―ごはん　買い物―ショッピング　ベテラン―エキスパート―オーソリテイ　ちかごろ―ひところ―さきごろ

三、請從括弧裡挑出句子中有劃線的詞的同義詞。

①研究に**熱中した**。（的中した　終始した　没頭した　思案した）

②無作法（ぶさほう）な弟を姉が<u>たしなめる</u>。（たしかめる　いましめる　うらむ　きめつける）

③昔と今のことばの<u>推移</u>を研究する。（移転　変遷　運行　変態）

④小鳥が<u>さえずる</u>。（吠える　泣く　鳴く　歌う）

⑤なにを<u>笑っ</u>てるの？（よろこぶ　ほほえむ　微笑する　にやつく）

2.　多義詞裡的同義詞

多義詞的每個意義，分別有它的同義詞。

からだ（体）

・君（きみ）はずいぶん大（おお）きな<u>体</u>をしているね。（你身體好魁梧）

・<u>体</u>を悪（わる）くして入院（にゅういん）した。（身體欠佳住院）

聞く

- 音楽を聞く。（欣賞音樂）
- 道を聞く。（問路）

教える

- 大学で日本文化を教える。（在大學講授日本文化）
- 上野に行く道を教えて下さい。（請指點一下去上野的路）
- 電話があったら、教えて下さい。（如果有我的電話，請傳呼一聲）

きれいだ

- きれいな花ですね。（好美麗的花啊）
- きれいなシャツ。（乾淨的襯衫）
- きれいな政治を行う。（施以公正的政治）

まずい

- まずいお菓子だね。（這點心很不好吃啊）
- まったくまずい文章だ。（這是一篇拙劣的文章）
- 人に知られるとまずい。（被人知道就不好了）
- まずい顔をしているが、心のやさしい女です。（雖然長得醜，但是個心地善良的女人）

一番

- 英語は一番だった。（英語考得第一名）
- 一番ほしいものはなに？（你最想要的是什麼？）
- 一番お相手を願います。（請你指教一盤棋）

ことわる（断る）

- 面会を断る。（謝絕會客）
- 先生に断って帰る。（跟老師打個招呼後回去）

今度
- 今度の日曜日に行くよ。（下個星期天去）
- 今度の台風で多くの並木が倒れた。（這一次颱風把許多街道樹颳倒了）

すむ（済む）
- 試験がすんだ。（考試結束了）
- 金ですむと思っているのか。（你以爲拿錢就能私了嗎？）
- 暖かいので、オーバーなしで済みます。（因爲較暖和可以不穿大衣）

ため
- ためになる本を読む。（看一些有益的書）
- 英語を勉強するために、補習学校へ行く。（爲了學習英語去上補習學校）
- 病気のために、学校を休んだ。（因病不上學）

〔練習〕

按照例句，把下列有底線的詞轉換成同義詞。

例　彼は小説家だ。（＝作家）
①この道は、町に通じている。（＝　　　　）
②相手に勝つ道はただ一つしかない。（＝　　　　）

－95－

③この料理はうまいね。（＝　　　　　）

④彼は英語がかなりうまい。（＝　　　　　）

⑤汽車が駅を出る。（＝　　　　）

⑥兄は今年大学を出る。（＝　　　　　）

⑦まっかになって怒る。（＝　　　　　）

⑧いたずらをしたから、怒ってやった。（＝　　　　）

⑨来年から学校に上がります。（＝　　　　）

⑩山の頂上に上がる。（＝　　　　）

第二節　反義詞

　語言中意義對立（如：大_{おお}きい←→小_{ちい}さい）或對應（如：貸_かす←→借_かりる）的單詞，叫做反義詞（反対語_{はんたいご}）。

1. 意義完全相反的反義詞

　意義完全相反的反義詞可分爲如下三種。

　△不是這個詞就必然是那個詞。

　男_{おとこ}←→女_{おんな}　　うそ←→ほんとう　　明_{あか}るい←→暗_{くら}い
　生_いきる←→死_しぬ　　笑_{わら}う←→泣_なく　　喜_{よろこ}ぶ←→悲_{かな}し
　む ……

　△根據某一標準，取其兩個極端的反義詞。這一類詞對立程度比上述一種弱。

　高_{たか}い←→低_{ひく}い　　善_{ぜん}←→悪_{あく}　　大きい←→小さい

遠い←→近い　　こせこせ←→ゆったり　……

△方向性相反的反義詞。

売る←→買う　　つくる←→こわす　　行く←→来る

教える←→習う　　進む←→退く　……

上述三種類型都是以"一對一"的形式出現。但有的反義詞，也有出現兩個以上的。

（背・値段が）高い。
　├─（背が）低い。
　└─（値段が）安い。

うまい
　├─まずい
　└─下手だ

あける
　├─とじる
　└─しめる

あがる
　├─さがる
　└─おりる

現われる
　├─消える
　└─かくれる

子供
　├─おとな（年齢關係）
　└─親（血緣關係）

悪意
　├─好意
　└─善意

下等
　├─上等
　└─高等

上 — 中 — 下　　大規模 — 中規模 — 小規模

春—夏—秋—冬　　兄— 弟 —姉— 妹

〔練習〕

在括弧內塡上反義詞。

①手をあげる。（←→　　　　　）　こづかいをあげる。

　（←→　　　　）

— 97 —

②子供の料金は半額です。（←→　　　　　）　おじい

さんの子供。（←→　　　　　）

③うすい紙を持ってきなさい。（←→　　　　　）　うす

い色の方がいいでしょう。（←→　　　　　）

④戸が開く。（←→　　　　　）　店が開く。（←→

　　　　）

2. 漢語單詞的反義詞

漢語單詞的反義詞，有如下幾種情況。

△以一個字表示反義詞的。

有^{ゆう}←→無^む　進^{しん}←→退^{たい}　勝^{しょう}←→負^ふ　表^{ひょう}←→裏^り

生^{せい}←→死^し　縦^{じゅう}←→横^{おう}　左^さ←→右^{ゆう}

這一類漢語反義詞，往往可形成組詞（熟語^{じゅくご}）。如下：

有無^{ゆうむ}にかかわらず　進退^{しんたい}きわまる　勝負^{しょうぶ}を争^{あらそ}う

表裏一体^{ひょうりいったい}　表裏をなす　生死^{せいし}をともにする　縦^{じゅう}

横^{おう}の活躍^{かつやく}をする　右往左往^{うおうさおう}する ……

△由兩個字組成的漢語詞中，一個字表示反義的。

可決^{かけつ}←→否決^{ひけつ}　起点^{きてん}←→終点^{しゅうてん}　有害^{ゆうがい}←→無害^{むがい}

進歩^{しんぽ}←→退歩^{たいほ}　単数^{たんすう}←→複数^{ふくすう}　肯定^{こうてい}←→否定^{ひてい}

有利^{ゆうり}←→不利^{ふり}　悪評^{あくひょう}←→好評^{こうひょう}　入国^{にゅうこく}←→出国^{しゅっこく}

若年^{じゃくねん}←→老年^{ろうねん} ……

△兩個字都表示反義的。

危険^{きけん}←→安全^{あんぜん}　集合^{しゅうごう}←→解散^{かいさん}　収入^{しゅうにゅう}←→支出^{ししゅつ}

権利⟷義務 ……

△加接頭詞表示反義的。

常識⟷非常識　理解⟷無理解　作用⟷反作

用　完成⟷未完成　満足⟷不満足　スト

⟷反スト ……

外來語也有此情況。如：

タッチ⟷ノー・タッチ　ストップ⟷ノン・ス

トップ　ミリタリズム⟷アンチミリタリズム ……

第三節　同音詞和同形詞

1. 同音詞

意義不同而語音相同的詞，叫做同音詞（同音語）。有許多
同音詞，這是日語漢語詞的一個特點。如：

化学／科学　市立／私立　首席／主席　照会／紹介　野

生／野性　意思／意志　体制／態勢　紙／髪／神　保障

／保証／補償　対象／対照／対称

効果／硬化／高価／工科／高架／降下 ……

観光／慣行／官公／刊行／完工 ……

気候／紀行／寄稿／起工／寄港／機構 ……

講師／公使／公私／行使／公子 ……

好機／後期／工期／香気／光輝／光器 ……

在對話裡，同音詞可以通過音調（アクセント）和上下文

（文脈）等來加以判斷。如：

△用高低強弱的音調來加以判斷。如：

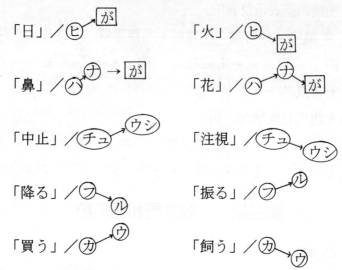

有的詞發音相同。如：

　紙‧髪　金‧鐘　川‧皮　桐‧霧　雲‧蜘蛛　恋／鯉
……

△用句子中的前後詞來判斷，如：
- 感情を害する。（傷感情）／勘定を払う。（付帳款）
- 旅行の用意をする。（做旅行的準備）／解決は容易ではない。（解決是不容易的）
- レントゲン写真の見方を教わる。（學習如何看X光片）／敵は味方より多い。（敵人比自己人多）
- べんとうのはしを忘れた。（忘記帶筷子）／はしを渡る。（過橋）／手ぬぐいのはしを結ぶ。（把布毛巾的

兩端繫起來）

△從格助詞的用法來判斷。如：

- イチドウ（一堂）<u>に</u>集^{あつ}まる。（集會於一堂）／イチド
  ウ（一同）<u>が</u>集まる。（全體人員會於一處）

- 大学<u>で</u>コウギ（講義）する。（在大學裡授課）／大学
  <u>に</u>コウギ（抗議）する。（向大學抗議）

△從複合形式、習慣法等來判斷。如：

- <u>コウガク</u>（向學）心が強い。（好學心很強）／<u>コウガ</u>
  <u>ク</u>（後學）のために見^みせて下さい。（為了做為將來的
  參考請給我看看）。

- <u>コウテン</u>（後天）的^{てき}（後天性的）／<u>コウテン</u>（荒天）
  をついて出発^{しゅっぱつ}する。（冒著暴風雨的天氣出發）／<u>コ</u>
  <u>ウテン</u>（好天）に恵^{めぐ}まれる。（碰上了好天氣）。

△產生同音詞的原因，主要有：

a. 詞的構造、寫法不同，但發音相同。如：
  海上^{かいじょう}・会場^{かいじょう}　交渉^{こうしょう}・公傷^{こうしょう}・公証^{こうしょう}・公称^{こうしょう}　不^ふ
  興^{きょう}・不況^{ふきょう}・富強^{ふきょう}　役者^{やくしゃ}・訳者^{やくしゃ}　新聞^{しんぶん} —— 屋・新^{しん}
  —— 分野^{ぶんや}

b. 一些漢語詞，在中國發音不同，但進入日本後發音相
  同。如：
  シ —— 市・私・四・詩・……
  カ —— 科・化・家・下・……

c. 原先在日語裡不同，但現在卻相同。

菓子（くゎし──→かし）がある。／貸（か）しがある。

〔練習〕

一、寫出下列同音詞的漢字。

①
本のヤクシャ。
歌舞伎のヤクシャ。

②
作業をチュウシする。
チュウシの的になる。

③
キョウコウ突破。
キョウコウに主張する。

④
コウテンに恵まれる。
コウテンをついて出発する。

⑤
かれも最近はセイチョウしたよ。
苗木がセイチョウした。

⑥
切手をシュウシュウする。
混乱をシュウシュウする。

⑦
カンジョウを害する。
カンジョウを誤る。

⑧
イチドウに集まる。
イチドウを集める。

⑨
大学でコウギする。
大学にコウギする。

⑩
同音イギの語。
イギを申し立てる。

⑪
自由イシ。
イシ薄弱。

⑫
絵のカンショウをする。
映画カンショウ会。

⑬
グンシュウを扇動する。
グンシュウ心理。

⑭
悲惨なサイゴ。
サイゴのチャンス。

⑮
- 花のジキ。
- ジキを失う。

⑯
- シュウチの通り。
- シュウチを集める。

⑰
- 友人にサイカイする。
- 会議をサイカイする。
- 危機にサイカイする。

⑱
- 文学にカンシンを持つ。
- かれの行ないにカンシンする。
- 少年たちの非行はカンシンに堪えない。

⑲
- 家宅シンニュウ罪。
- 河水がシンニュウする。
- 場内にシンニュウする。

二、下列詞都有兩個讀法，因讀法不同，或者語感不同，或者含義不同。請舉例具體說明如何不同。

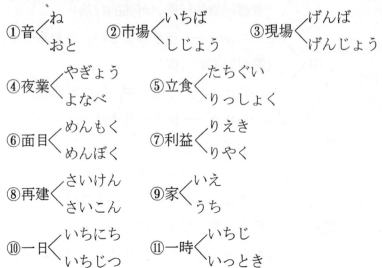

① 音 ⟨ ね / おと

② 市場 ⟨ いちば / しじょう

③ 現場 ⟨ げんば / げんじょう

④ 夜業 ⟨ やぎょう / よなべ

⑤ 立食 ⟨ たちぐい / りっしょく

⑥ 面目 ⟨ めんもく / めんぼく

⑦ 利益 ⟨ りえき / りやく

⑧ 再建 ⟨ さいけん / さいこん

⑨ 家 ⟨ いえ / うち

⑩ 一日 ⟨ いちにち / いちじつ

⑪ 一時 ⟨ いちじ / いっとき

2. 同形詞

　　日語裡有些漢語單詞的書寫相同，但發音、含義不同。這就
是同形詞（同形語）。

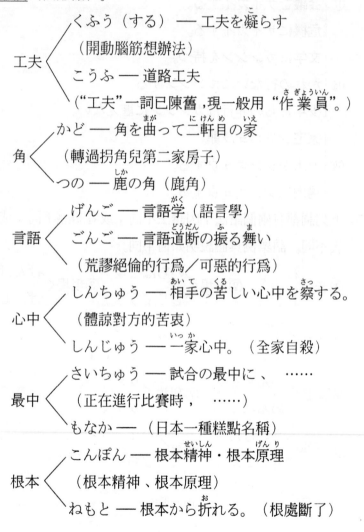

工夫
- くふう（する）── 工夫を凝らす
  （開動腦筋想辦法）
- こうふ ── 道路工夫
  （"工夫"一詞已陳舊，現一般用"作業員"。）

角
- かど ── 角を曲って二軒目の家
  （轉過拐角兒第二家房子）
- つの ── 鹿の角（鹿角）

言語
- げんご ── 言語学（語言學）
- ごんご ── 言語道断の振る舞い
  （荒謬絶倫的行為／可惡的行為）

心中
- しんちゅう ── 相手の苦しい心中を察する。
  （體諒對方的苦衷）
- しんじゅう ── 一家心中。（全家自殺）

最中
- さいちゅう ── 試合の最中に、……
  （正在進行比賽時，……）
- もなか ──（日本一種糕點名稱）

根本
- こんぽん ── 根本精神・根本原理
  （根本精神、根本原理）
- ねもと ── 根本から折れる。（根處斷了）

大人 {
  おとな ── 大人と子供（大人和孩子）
  たいじん ── 大人の風格がある。
    （有大人物的風格）
}

末期 {
  まっき ── 末期的な症状（出現末期的症狀）
  まつご ── 末期の水を取る。
    （給臨終者嘴裡含水）
}

入会 {
  にゅうかい ── 入会金（入會費）
  いりあい ── 入会権（日本特定地區的居民
  對該地區山林、草原的共同使用權）
}

上手 {
  じょうず── 上手な字（一手好字）
  かみて──上手から登場する。（從舞台左側上場）
  うわて ── 彼の方が一枚上手だ。
  （他比某人高明得多）
}

大家 {
  たいか ── 書道の大家（書法的權威）
  おおや ── 大家さん（房東）
  たいけ ── 大家の坊っちゃん（大戶人家的少爺）
}

人気 {
  にんき ── 人気歌手（紅歌星）
  ひとけ ── 辺りには全く人気がない。
  （根本不見一個人影）
  じんき──人気のよくない裏町（風氣不好的小巷）
}

第四節　上下位詞

1.　什麼是上下位詞

　　某一個單詞的概念可以包括幾個單詞所表示的事物時，這個
單詞叫做<u>上位詞</u>（上位語），而被包括的幾個單詞叫做<u>下位詞</u>
（下位詞）。上下位詞之間，猶如是大小關係的單詞。從邏輯上
講，上位詞的外延比下位詞的外延大，下位詞的外延比上位詞的
外延小。如：

　　上位詞｜下位詞

　　動　物｜むし　けもの　さかな　とり ……

　　家　　｜やね　いりぐち　まど　かべ ……

　　動く　｜歩く　走る　跳ねる　飛ぶ　泳ぐ　働く ……

　　同一個單詞，根據比較對象不同，或成為上位詞或成為下位
詞。如：

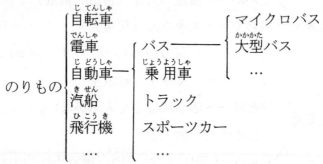

2.　上下位詞在語言中出現的情況

　　上下位詞在語言中出現時，有嚴格的、科學分類中的上下位

詞，也有非嚴格的日常運用的上下位詞。

前者有：

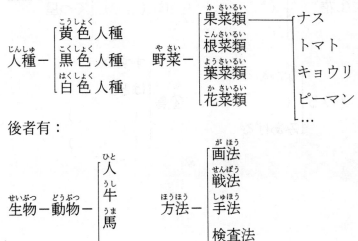

後者有：

〔練習〕

一、請劃掉右邊單詞裡的非下位詞。

①木 [まつ / すぎ / ひまわり] ②くだもの [りんご / バナナ / きゅうリ]

③家事 [入浴 / すいじ / せんたく] ④中華料理 [ラーメン / ワンタン / スパゲッティ]

二、請在括弧裡填上適當的上下位詞。

①花　┌チューリップ
　　　│（　　　　）　　②（　　　）┌本屋
　　　└（　　　　）　　　　　　　　│くつ屋
　　　　　　　　　　　　　　　　　└（　　　　　）

③みる┌ながめる　　　　④鳥┌すずめ
　　　│（　　　　）　　　　　│はと
　　　└みあげる　　　　　　│（　　　　）
　　　　　　　　　　　　　　└（　　　　）

第五章　單詞的語體

　　日語根據話語的表達形式不同，措詞也會有這樣那樣的不同。例如，口語表達和書面語表達，用詞就有比較大的不同。同樣是口語，日常對話與演說也有差別，措詞、語體當然就不同了。書面語也一樣。

　　日語詞彙按表達形式的不同，語體的不同可分為"口語"、"書面語"和"俗語"三種類型。它們之間的用法有相當大的不同。

第一節　口　　語

日　常　用　詞	在較莊重的場面的用詞
あしたくるよ。（我明天來）	明日お伺い致します。（我明天來）
よなかまで勉強した。（學習到半夜）	深夜まで勉強した。（用功學習到深更半夜）
授業が終った。（下課了）	授業が終了した。（上課結束了）
まだ食ってないからちょっと待ってくれ。（我還沒吃飯呢，請你等一下）	まだご飯を食べていませんから、すみませんが、ちょっと待っていただけませんか。（我還沒吃飯，對不起，請您等一下行嗎？）

日　常　用　詞	在較莊重的場面的用詞
ハルピンの冬は<u>寒い</u>。（哈爾濱的冬天很冷）	ハルピンの冬は<u>寒冷である</u>。（哈爾濱的冬天很寒冷）
<u>貧乏</u>な家に生まれる。（生在窮苦人家庭）	<u>まずしい</u>家に生まれた。（生在窮苦家庭）
波が<u>だんだん</u>高くなった。（浪頭越來越高了）	波が<u>次第に</u>高くなった。（波浪漸漸增高）

　　但有不少單詞，無論在口語還是在書面語裡，都沒有語體色彩（即沒有特定的語感）。因此，這種單詞使用範圍廣（口語、書面語都能用），可以說是中性詞，是日語詞彙的核心。如：

　　〔名詞〕テレビ　ジュース　右　地下鉄　子供　机　午前　勉強　日曜日　おかず　おもちゃ　くすり　……

　　〔動詞〕並べる　遊ぶ　笑う　飲む　着る　忘れる　喜ぶ　聞く　泳ぐ　返す　集まる　論じる　返事する　……

　　〔形容詞〕大きい　小さい　白い　黒い　広い　せまい　寒い　暑い　楽しい　甘い　苦しい　……

　　〔形容動詞〕静かだ　立派だ　きれいだ　面倒だ　学術的だ　……

　　〔副詞〕急に　ゆっくり　きちんと　ずっと　さっき　もう　まだ　ザーザー　ピューピュー　……

　　〔接詞〕それで　だから　それから　そして　けれど　だが　……

　　從用法上看，口語除通俗平易外，還具有如下特徵：

△感嘆詞用得多（如：ああ、おや、はい、いいえ）。

△指示詞（こ、そ、あ、ど詞和わたし、あなた、かれ等人
稱代詞）和接詞（それで、ところで、だって、さて、等
等）用得多。

△副詞（包括擬聲詞、擬態詞等）用得多。

△敬語用得多（如：おっしゃる、申す、いらっしゃる、お
～になる、ご～する，等等）。

△男女的用詞不同：「ばかに早く書けるね」「いや、これ
でも遅い方だ」（男人用）「ずいぶん早くお書けになる
のね」「ちがうわ。これであたしおそい方よ」（女人
用）

△不大用漢語單詞和古語等。

〔練習〕

把下列書面語改成口語。

①友人と魚つりに行く。（　　　　）

②セミの生命は短い。（　　　　）

③即座に答える。（　　　　）

④火事で家が何軒も全焼した。（　　　　）

⑤祖母の病気が回復した。（　　　　）

⑥家へ帰ると最初に手を洗う。（　　　　）

⑦昨日は失礼しました。（　　　　）

⑧明後日到着する。（　　　　）

⑨難破した船を救助する。（　　　　　）

⑩強烈な願望。（　　　　　）（　　　　　）

⑪あきらかないやがらせをする。（　　　　）

⑫しいてすることはない。（　　　　）

⑬台風が発生した。（　　　　）

⑭運搬する（　　　　）　積載する（　　　　）　着手する（　　　　）　転居する（　　　　）　罵倒する（　　　　）　受領する（　　　　）　苦悶する（　　　　）　憎悪する（　　　　）　配布する（　　　　）　歪曲する（　　　　）　流出する（　　　　）　転覆する（　　　　）　返却する（　　　　）　選択する（　　　　）

第二節　書面語

　　寫文章或在較莊重的場合（如講演等）的用詞，叫做書面語（文章語・書きことば）。書面語分爲一般書面語和書信、公文等書面語。這裡祇講一般書面語和書信用語。

1.　一般書面語

〔名詞〕河川　副食物　外科医　はくし（博士）　年れい　価値　書物　書籍　双方　玩具　薬品　……

〔動詞〕返還する　逮捕する　論ずる　集う　欠席する　目覚める　……

〔形容詞、形容動詞〕 いちじるしい きれいだ あきら
かだ 強烈(きょうれつ)だ ……

〔副詞〕整然(せいぜん)と 堂々(どうどう)と すでに 強(し)いて みずから ……

〔接詞〕故(ゆえ)に 然(しか)るに かくして ……

※口語和書面語的對照例:

ことば／言語(げんご) 海(うみ)べ／海岸(かいがん) どこ／いずこ 本／書物(しょもつ)・
書籍(しょせき) 集(あつ)める／収集(しゅうしゅう)する 助(たす)ける／救(すく)う・救助(きゅうじょ)する
休(やす)む／休息(きゅうそく)する・欠席(けっせき)する 持(も)つ／所持(しょじ)する・所有(しょゆう)する
沈(しず)む／沈没(ちんぼつ)する・沈下(ちんか)する 返(かえ)す／返却(へんきゃく)する・返還(へんかん)する
捕(つか)まる／逮捕(たいほ)する・捕獲(ほかく)する 忘(わす)れる／忘却(ぼうきゃく)する・失念(しつねん)
する 選(えら)ぶ／選択(せんたく)する・選抜(せんばつ)する 奪(うば)い取(と)る／掠奪(りゃくだつ)する
ひっくりかえる／転覆(てんぷく)する・転倒(てんとう)する 暖(あたた)かい／温暖(おんだん)だ
とても／非常(ひじょう)に みんな／ことごとく 先生／教師(きょうし)・医(い)
師(し)・弁護士(べんごし) ……

現代日語的特徵之一,是口語裡正在逐漸使用書面語。例
如,下面一些書面語正在逐漸取代口語而出現在受過高等教育的
年輕人的對話裡。

ためしに(試試)──→試験的(しけんてき)に なしくずしに(一次一點
兒的,一點一點地)──→段階的(だんかいてき)に 腕(うで)ずくで(動武)──→
実力(じつりょく)を行使(こうし)して・物理的(ぶつりてき)に しっくりしない(不協調,
不融洽)──→違和感(いわかん)がある とどのつまり(到頭來,末

－113－

了）──→最終的に　とことんまで（徹底地）──→徹底的に　下り坂になる（走上下坡路）──→下降線をたどる　あけすけに（明白無誤地）──→開放的に　かけあう（交渉）──→交渉する　注文する（要求）──→要求する　ちょん切る（切斷）──→分断する　こみ入る（複雑）──→錯綜する　こんがらかる（混亂）──→混乱する　割りこむ（擠進）──→介入する　あてはまる（符合，可以適用）──→該当する　上まえをはねる（抽頭，揩油）──→搾取する　まとめる（總結）──→総括する　押しのける（排除）──→排除する　いじける（畏縮，氣餒）──→萎縮する　……

2. 書信用語

日語書信用語，格外講究禮節，應加以注意。

〔開頭語〕

　発信用語 ── 拝啓・拝呈・一筆啓上・謹啓・謹んで申し上げます　急啓・急呈・急白・取り急ぎ申し上げます　前略・冠省・前略ごめんください

　回信用語 ── 拝復・復啓・敬復　お手紙拝見しました　ご芳書ただいま拝読しました　お便りありがとうございました　取り急ぎご返事申し上げます。

〔結束語〕

　　（拝啓←─→）敬具・敬白

　　（謹啓←─→）敬白・謹白・頓首・再拝

（前略・冠省──→）草々_{そうそう}・早々_{そうそう}・匆々_{そうそう}

（女性用語）かしこ・あらかしこ・あらあらかしこ

（簡慢場合）さようなら・いずれまた・ではまた・ごき
げんよう

〔敬称〕

　様_{さま}・大兄_{たいけい}・学兄_{がっけい}　殿_{どの}・御中_{おんちゅう}　……

　足下_{そっか}・机下_{きか}・玉案下_{ぎょくあんか}・倚史_{じし}・御許_{おんもと}（女性用）　……

〔書信常用語〕

　ご健勝_{けんしょう}　ご清祥_{せいしょう}　ご清栄_{せいえい}　慶賀_{けいが}　大慶_{たいけい}　……
　ご厚志_{こうし}　ご芳情_{ほうじょう}　ご交誼_{こうぎ}　ご高配_{こうはい}　ご配慮_{はいりょ}　ご協力_{きょうりょく}
　ご了承_{りょうしょう}　ご賢察_{けんさつ}　ご自愛_{じあい}　ご多幸_{たこう}　ご来訪_{らいほう}　ご鞭撻_{べんたつ}
　専一_{せんいつ}

〔**季節寒喧語**〕

一、二月── 厳寒_{げんかん}の候_{こう}　寒_{さむ}さ（・余寒_{よかん}）のきびしい折_{おり}から
　　　本年_{ほんねん}はことのほか寒さきびしく

三、四月── 春暖_{しゅんだん}の候_{こう}　春寒_{しゅんかん}の候　早春_{そうしゅん}の時節_{じせつ}　三寒四温_{さんかんしおん}
　　　の今日_{きょう}このころ　一雨_{ひとあめ}ごとに春_{はる}らしくなり　若葉_{わかば}の色_{いろ}もさ
　　　わやかになり　小鳥_{ことり}のさえずりもひときわ美_{うつく}しく

五月── 新緑_{しんりょく}の候_{こう}　暑_{あつ}からず寒_{さむ}からずの好時節_{こうじせつ}　つつじは
　　　満開_{まんかい}　バラの花かおる五月

六、七月── さわやかな初夏_{しょか}の季節_{きせつ}　梅雨_{ばいう}の候_{こう}　向暑_{こうしょ}のみぎり

八、九月── 残暑_{ざんしょ}なおきびしい折_{おり}から　立秋_{りっしゅう}とは名_なばかりで

新涼の候　燈火親しむべき時　虫の音もようやくしげく

十、十一月 —— 秋冷の候　天高く馬肥ゆるとき　スポーツの
　　秋　実りの秋　朝夕めっきり寒く　落ち葉散りしく時節
　　菊花かおる今日このごろ

十二月 —— 厳寒の候　年の瀬も (おし) つまり　　厳冬　年内
　　余日少なく

〔尊敬與謙讓的稱呼〕

　　寫信時，重要的是必須考慮好如何稱呼對方和與對方有關的
人，以及自己與自己有關的人。這種稱呼如果處理不當，不僅失
禮於對方，而且甚至會引起誤會。

	尊敬（對對方）	謙讓（對自己）
祖父 祖母	おじいさま・ご隠居様 おばあさま・ご祖母様	祖父・年より・おじいさん 祖母・おばあさん
両親	ご両親様・お二方・ ご両人様	父母・両親・老父母・ 年よりたち
父	お父様・お父君・お父上・ ご尊父・ご賢父・ご親父	父・おやじ・実父・老父・ 養父・愚父・わたしたちの父
母	お母様・お母君・母君・お母上 ・ご母堂・ご賢母（様）	母・おふくろ・老母・実母・ 養母・愚母・わたくしの母
夫	ご主人様・だんな様・ ご夫君・○○様・（姓或名）	主人・夫・宅・○○（姓或名 ）・彼・ハズ・亭主

	尊敬（對對方）	謙讓（對自己）
妻（つま）	奥様（おくさま）・ご奥様（おくさま）・令夫人（れいふじん）・ご令室（れいしつ）・ご内室（ないしつ）・ご令閨（れいけい）・ご家内様（かないさま）	家内（かない）・妻（つま）・○○（姓或名）・老妻（ろうさい）・女房（にょうぼう）・ワイフ・彼女（かのじょ）
子ども	お子（こ）さま・お子様方（こさまがた）	子ども・子どもたち・うちの子（こ）
息子（むすこ）	ご子息（しそく）・ご令息（れいそく）・坊（ぼっ）ちゃん・坊（ぼっ）ちゃま・ご愛息（あいそく）・○○様	息子（むすこ）・せがれ・子ども・愚息（ぐそく）・長男（ちょうなん）・次男（じなん）・三男（さんなん）・末っ子（すえっこ）・○○（名）
娘（むすめ）	お嬢様（じょうさま）・ご令嬢（れいじょう）・お嬢（じょう）ちゃん・ご息女（そくじょ）・○○様	娘（むすめ）・子ども・長女（ちょうじょ）・次女（じじょ）・三女（さんじょ）・末娘（すえむすめ）・○○（名）
孫（まご）	お孫様（まごさま）・ご令孫（れいそん）・ご愛孫（あいそん）	孫（まご）・○○（名）
兄（あに）	お兄様（あにさま）・兄君（あにぎみ）・ご令兄（れいけい）・お兄上（あにうえ）・ご長兄（ちょうけい）・○○様	兄（あに）・兄貴（あにき）・家兄（かけい）・愚兄（ぐけい）・長兄（ちょうけい）・次兄（じけい）・○○兄
姉（あね）	お姉上（あねうえ）・姉君（あねぎみ）・ご令姉（れいし）・お姉様（あねさま）・ご長姉（ちょうし）・ご次姉（じし）・○○様	姉（あね）・長姉（ちょうし）・次姉（じし）・○○姉
弟（おとうと）	弟（おとうと）さん・ご令弟（れいてい）・○○様	弟（おとうと）・舎弟（しゃてい）・愚弟（ぐてい）・○○（名）
妹（いもうと）	妹（いもうと）さん・ご令妹（れいまい）・お妹様（いもうとさま）・○○様	妹（いもうと）・○○（名）
伯(叔)父（お（じ）） 伯(叔)母（お（ば））	おじ様・おじ上様（うえさま） おば様・おば上様（うえさま）	おじ・○○（姓） おば・○○（姓）
甥（おい）	甥御様（おいごさま）・ご令甥（れいせい）（様）	甥（おい）・○○（名）
姪（めい）	姪御様（めいごさま）・ご令姪（れいめい）（様）	姪（めい）・○○（名）

-117-

	尊敬（對對方）	謙讓（對自己）
夫の父	お父上様・御父君様・お舅様・ご令舅様	父・義父・夫の父・舅・老父
夫の母	お母上様・御母君・お姑様・ご令姑様	母・義母・夫の母・姑・老母
妻の父	ご岳父様	義父・妻の父・岳父
妻の母	ご岳母様	義母・妻の母・岳母
夫妻の両親	ご両親様・おしゅうと様・お二方様	しゅうと・義父母・岳父母・老父母
兄の妻	姉上様・お姉様・兄嫁さん	姉・嫂・兄嫁
弟の妻	お妹様	妹・義妹
姉の夫	兄上様・おにいさま・御姉婿様	兄・義兄・姉婿
妹の夫	ご令弟様・おとうとさん・ご妹婿様	弟・義弟・妹婿
親族	ご親族・ご親類・ご親戚・ご一族・ご近親	親族・親類一同・親戚一同・一門の者
家族	ご一同様・皆々様・ご一家様・ご家族の皆様	一同・家族一同・家内一同・一家中・私ども
先生	○○先生（姓）・○○師・お師匠様・ご恩師様	師・○○先生・恩師・師匠・○○師

	尊敬（對對方）	謙讓（對自己）
弟子 （でし）	ご高弟・ご門弟・お弟子 （こうてい・もんてい・でし）	教え子・弟子・門弟・門下 （おし ご・でし・もんてい・もんか） ・門下生・〇〇君（さん） （もん か せい・くん）
上役 （うわやく）	ご上司・ご上役・貴社長・ （じょうし・うわやく・きしゃちょう） 貴取締役・貴局長・ （きとりしまりやく・ききょくちょう） 貴部長・貴課長 など （きぶちょう・かちょう）	上司・上役・社長・取締 （じょうし・うわやく・しゃちょう・とりしまり） 役・部長・課長・校長・支 （やく・ぶちょう・かちょう・こうちょう・し） 配人 （はいにん）
家・住所 （いえ・じゅうしょ）	お宅・貴家・貴邸・貴宅 （たく・きけ・きてい・きたく） ・御地・そちら・貴地 （おんち・きち）	拙宅・小宅・こちら・私かた （せったく・しょうたく） ・当地・当所・こちら （とうち・とうしょ）
会社・銀 行・商店 （かいしゃ・ぎん こう・しょうてん）	貴社・貴会・貴店・ （きしゃ・きかい・きてん） 貴行・御所・貴支店 （きこう・おんしょ・きしてん）	本社・わが社・小社・ （ほんしゃ・しゃ・しょうしゃ） 当店・本行・本行支店 （とうてん・ほんこう・してん）
団体 （だんたい）	貴会・貴組合・貴協会 （きかい・くみあい・きょうかい） ・貴事務所 （きじむしょ）	本会・当組合・当協会 （ほんかい・とう） ・当事務所 （とう）
品物 （しなもの）	ご厚志・結構な品・ご好意の （こうし・けっこう・しな・こうい） 品・佳品・美菓・佳肴・尊影 （かひん・びか・かよう・そんえい） （写真） （しゃしん）	粗菓・寸志・粗品 （そか・すんし・そしな） ・粗肴 （そこう）

　　從用法上看，日語書面語除了簡練、鄭重、嚴密之外，還有
如下特點。
　　△用複雜而長的複合詞的較多。
　　△漢語單詞用得多。
　　△專業用語和帶有翻譯腔的詞用得多。

3.　雅語

　　書面語裡，有些詞主要用於寫詩歌的。這些詞叫做雅語（雅
（が）

語）。例如：

あけがた（口語）／あけぼの（雅語）　夕方／たそがれ
目／まなこ　あたま／かしら　むかし／いにしえ　夫婦
／めおと　男／おのこ　少女／おとめ　赤ん坊／みどり
児　頂上／いただき　砂／いさご　山脈／山なみ　家
業／なりわい　蛙／かわず　買う／あがなう　誘う／い
ざなう　休む／憩う　歩く／歩む　ふるえる／おののく
かわいがる／いつくしむ　怒る／いかる　かわいい／いと
しい　丸い／まろやか　幼い／いとけない　美しい／う
るわしい　まぶしい／まばゆい　そっと／ひそかに　すこ
し／いささか　……

〔練習〕

把下列口語改為書面語。

おじいさん　あたたかい　むずかしい　とても　夏休み
（それ）だから　値段　直す

第三節　俗　語

口語有一種較粗俗的詞語，叫做俗語（俗語）。例如：

• がきのくせしやがって、生をぬかすな。（＝子供のくせ
に、生意気なことを言うな。）（一個小鬼，可別口出狂
言）

−120−

- あいつのオートバイ、いかしてるな。（＝彼のオートバイはすばらしいね。）（＝他的摩托車好極了）
- あの野郎、でかいつらをしてるから、のしちまえ。）（＝彼はいばってるから、やっつけよう。）（＝那個傢伙太神氣了，給他個厲害看看）

又例如：

話す（口語）／だべる（俗語）　言う／ぬかす　逃げる／ずらかる　おいかける／おっかける　びっくりする／おったまげる　落ちる／おっこちる　いじる／いじくる　歩く／てくる

大きい／でっかい　おそろしい／おっかない　塩辛い／しょっぱい　（美しくない）／ぶす

ほお／ほっぺた　額／おでこ　舌／べろ　お金／ぜに

恐妻家／サイノロジー　たばこ／モク

以"話す"爲例，試比書面語、口語、俗語三者之間的區別：

	書　面　語	口　語	俗語
和語	語る　告げる　説く　述べる 申す（のたまう）	おっしゃる　いう しゃべる　申し上げる 話す　ささやく つぶやく　叫ぶ どなる	だべる ぬかす
漢語	談ずる　論ずる　宣する 明言する　断言する		

第四節　應避免使用的詞語

1. 蔑語

與日語敬語較發達相對而言，日語裡的蔑語是較少的。蔑語是瞧不起人、罵人、惡言傷人用的。要被人尊重，首先要尊重別人，千萬不能使用蔑語。現舉若干蔑語如下：

△女子供のくせに！　このあま！　おたふく　野郎　小僧　ちび　のっぽ　ふとっちょ　はげ頭　……

那麼應該怎麼說才好呢？

△おんな──女性　老婆──老女・老婦人　おし・つんぼ──ろうあ者　どもり──言語障害者　めくら──盲人・目の見えない人　びっこ・ちんば──足の悪い人・足の不自由な人

△百姓──農家・農民・お百姓（さん）　漁夫──漁民　女工──女子工員・女子従業員　運ちゃん──運転手さん　小使──用務員　掃除夫──清掃作業員　女中──お手伝さん　バタ屋──廃品回収業者　炭鉱夫──炭鉱労働者・炭鉱員　屠殺業──食肉処理業　……

△黒んぼ──黒人　土人──原住民・現住民　養老院──老人ホーム・老人養護施設　……

△めし──ごはん　くらう・くう──食べる　ロハ──ただ　ずらかる──逃げる　……

△後進国・未開国──→開発途上国・発展途上国・低開発
国 ……

2. 黑話

　黑話（隱語）是社會秘密集團內部成員間使用的特殊用語。
因此，封閉性是其特徵之一。黑話是社會祕密集團隨意造詞或任
意改變原有詞的形式、詞義而成的。這是黑話的第二個特徵。日
語裡的黑話的種類和數量極多，以致有篇幅不小的"隱語辞
典"。①

　公園──→エンコ　宿──→ドヤ　犯人──→ホシ　品物・盗品
──→ネタ　警察──→サツ　刑事警察──→デカ　刑務所──→
ムショ　留置所──→別荘　泥棒──→コソドロ　強盗──→
タタキ　ピストル──→パチンコ　危い──→ヤバイ　詐欺
──→ギサ　タバコ──→モク　新宿──→ジュク　池袋──→
ブクロ　短刀──→ドス　昼寝する──→フクロウ ……

　△日語黑話的造詞法：

　①　轉換音節 ── エンコ（←──公園）　ネタ（←──種）
ドヤ（←──宿）　ギサ（←──詐欺）

　②　省略音節 ── ムショ（←──刑務所）　ブンヤ（←──
新聞屋）　ジュク（←──新宿）

　③　從其動作來造詞的 ── コソドロ（こっそりと泥棒を

---

①日語裡的"隱語"包括"黑話""行話"在內，這裡祇講"黑話"。

-123-

働くことから）

　　④　以比喻造詞的 ── フクロウ（←昼間寝て、夜出るから）

　　⑤　借用外形相似的 ── モク（←モクモクと煙を出すから）　別荘（←留置場に入れられることから）

3.　忌諱詞

　　重迷信，不講不吉利的話，這不論在哪個國家都有類似情況。忌諱詞在日語裡同樣存在。如：

　　"四" ── 在日本的醫院裡帶有數字"四"的病房是沒有的。因爲"四"與"死"的發音相同。

　　"終わる"、"閉じる" ── 在喜慶會結束時，不能用這樣的詞而應該說"お開きにする"。

　　"切る"、"別れる"、"もどる"、"こわれる"、"破れる"、"離れる"等詞 ── 婚禮席上不能用這一類詞。

　　"死ぬ"要講成"なくなる"、"ひげをそる"要講成"ひげをあたる" ……

第六章　敬語與敬語詞彙

日語的<u>敬語</u>（敬語^{けいご}）數量相當多，可以說這是日語的一個特點。關於現代日語的敬語，有幾種分類法。明治四十年以前分爲尊敬語、謙讓語兩種。現代一般分爲尊敬、謙讓和鄭重三種。所謂"現代"，時間上指的是明治以後，內容上是指標準語。

第一節　尊敬語（尊敬語^{そんけい ご}）

△使用特定尊敬語的。如：

いらっしゃる＝行く・来る・居^いる　おっしゃる＝言う
なさる＝する　くださる＝くれる　召^めし上^あがる＝食^くう
あそばす＝する　……

以上是用特定的詞語來表達尊敬。上例中的"あそばす"一詞，第二次大戰前屬於上層階級的用語，但一般社會的婦女也普遍學用，可是第二次大戰後，由於敬語的簡化，此詞不常用了。

△在上面加敬語成分的。如：

お顔^{かお}　お靴^{くつ}　お着物^{きもの}　お持^もち物^{もの}　お宿^{やど}　お美^{うつく}しい　おいそがしい　おうらやましい　おきびしい　お名残^{なご}りおしい　お静^{しず}かだ　お元気^{げんき}だ　……
ご住所^{じゅうしょ}　ご本人^{ほんにん}　ご両親^{りょうしん}　ご老人^{ろうじん}　ご友人^{ゆうじん}　ご縁^{えん}　ご立派^{りっぱ}だ　ごゆっくり　……

除加"お"、"ご"之外，還可冠以"尊"（尊父、ご尊父）、"貴"（貴社、貴意）、"芳"（芳情、芳名）、"高"（高著、ご高名）、"御"（御地、御礼）等，但這些都用在書面語裡，口語裡一般祇用"お"和"ご"。

"お"被大量使用，是現代敬語的一個現象。如：

おビール　おジュース　お肉　お米　お惣菜　おかず　お酒　おかわり　おしぼり　おつとめ　お手洗い　おしろい　おせっかい　おすそわけ　おつむ　おでき　おなか　おながれ　おなら　おにぎり　お人よし　おふくろ　おまけ　おめでた　おやつ　おしゃれ　お手やわらかに　お飲みもの　おやすみ……

此外，"お買いやすいお値段"、"お求めやすくなりました"之類的話也常見的。

△在下面加敬語成分的。如：

―様　―さん　―君　―先生　―氏　―殿（○○株式会社　大山太郎殿）　―御中（○○株式会社御中、○○クラブ御中）　―がた　（読ま）れる　（考え）られる　……

以"れる"、"られる"來表示敬語的傾向有增無減。這是因爲與被動式的"（広く）読まれる"、"（すっかり）忘れられる"等在語法上是一致的，而且符合敬語要簡化的方向。因爲講成"言われる"、"行かれる"、"来られる"，其敬意的程度和語調確實要比講成"おっしゃる"、"いらっしゃる"都

輕。因此，"れる"、"られる"作爲敬語，將繼續有增無減地被使用下去。

　　△在上下加敬語成分的。如：

　　　　お客さま　お医者さん　お子さま　ご隠者_{いんきょ}さん　おかみさん　ご両氏^{りょうし}　お一人様^{ひとりさま}　お三^{さん}かた（＝お三人^{さんにん}さま）……

　　　　お（ご）〜になる　お（ご）〜なさる　お（ご）〜あそばす　お（ご）〜くださる ……

　　〔注〕"お（ご）〜になる"這個形式最有代表性，比"お（ご）〜なさる"使用得更廣泛。"お（ご）〜くださる"比"〜てくださる"敬意程度高。但此形式的命令形"お（ご）〜ください"是一般化了的用法。"お（ご）〜だ"這種形式的用法，敬意程度不高。

第二節　謙讓語（謙讓語^{けんじょうご}・謙遜語^{けんそんご}）

　　△使用特定謙讓成分的。如：
　　　　家内^{かない}　不肖^{ふしょう}　私^{わたくし}　参上^{さんじょう}　てまえ　小生^{しょうせい} ……
　　　　申^{もう}し上^あげる　さし上げる　いただく　うかがう　うけたまわる ……
　　　　拝見^{はいけん}する　拝読^{はいどく}する　拝聴^{はいちょう}する　拝観^{はいかん}する ……

　　△在上面加謙讓成分的。如：
　　　　拙宅^{せったく}　拙文^{せつぶん}　拙稿^{せっこう}　小社^{しょうしゃ}　小著^{しょうちょ}　愚見^{ぐけん}　愚妻^{ぐさい}　愚息^{ぐそく}
　　　　愚女^{ぐじょ}　豚児^{とんじ}　敝店^{へいてん}　敝社^{へいしゃ}　粗茶^{そちゃ}　粗品^{そしな}　寸志^{すんし}　薄謝^{はくしゃ} ……

△在下面加謙讓成分的。如：

私ども　手前ども　せがれめ　この○○○（自己的姓
名）めが ……。……

△在上下加謙讓成分的。如：

お（ご）〜申す　お（ご）〜申し上げる　お（ご）
〜いたす　お（ご）〜する　お（ご）〜いただく
……

〔注〕除「お（ご）〜いただく」之外，其餘都是表示晚
輩、後輩向前輩、長輩做某動作的。

「お目にかかる」→「お会いする」

「お目にかける」→「ご覧に入れる」→「お見せす
る」。

第三節　鄭重語（丁重語・丁寧語）

主要有下列幾個語體。

△ "〜です" 體

在口語裡，比 "だ" 體鄭重。與其說是敬體，倒不如說是一
種普通的社交語體，可以說是現代日語的標準口語體。

• むらさきの大きな花です。（是一朵很大的紫色的花）

• この花はずいぶん美しいですね。（這花好漂亮）

• 「ごちそうさまでした。」「いいえ、おそまつさまでし
た。」（"謝謝您的款待。""慢待您了"）

• 汽車に乗りこむだけがやっとでした。（勉強趕上了火

車）

・すみません<u>でした</u>ね。（對不起啦）

・おいくら<u>でしょう</u>か。（多少錢？）

・もう、ねえ、散々苦労をした人<u>でして</u>ね。（他是個吃過
很多苦的人呢）

・バイオリンが上手<u>でして</u>ね。（他呀，小提琴拉得很好
呢）

△ "〜ます" 體

・ほんとにおかまい申し<u>ません</u>で。（實在招待不周，請原
諒）

・このころはね、以前ほど飲み<u>ません</u>でね。（近來不像從
前那樣喝那麼多酒了）

・いいえ、私こそおじゃまして<u>しまって</u>―じゃあ御免下
さい<u>まし</u>。（不，不，我才是眞的打擾您了。―那麼告
辭了。）

・ちょっとお待ち下さい<u>ませ</u>。（請您稍候一會兒）

・その方がよろしいと思い<u>まして</u>。（我想那樣可能更好
些）

・とうとう息子のやっかいになることになり<u>まして</u>ね。
（我也終於不得不靠兒子生活了）

△ "ございます" 體

表示事物的存在，相當於 "〜がある"、"〜はある"、
"〜もある"。日語是以 "ある→あります→ございます"

― 129 ―

來表示事物的存在，以 "いる→います・おります→いらっしゃいます" 表示人、動物的存在的。

- はしごから落っこちて、けがをしたことがございました。（以前曾經從樓梯上摔下來過）
- なにも変ったことがございません。（沒有什麼異常）
- そんなことはございますまい。（不會有那樣的事吧）
- なにもございませんけど、一杯いかがでしょうか。（沒什麼菜，來一杯怎麼樣？）

△ "〜てございます" 體

此形式與 "〜てある"、"〜てあります" 的意思相同，就事物的狀態進行敘述的。如果要對人表示敬意，則用 "〜ていらっしゃいます"。

- 机の上に本が置いてございます。（桌上放著書）
- 学生さんのノートのチェックを半分ほど残してございます。（學生的作業簿還有一半沒改好呢）

（以上同 "〜てある"、"〜てあります"）

- それは知っていらっしゃいますよ。（這，他知道的）
- あなたはわたしがなにも知らないと思っていらっしゃいますの？（難道您以為我什麼都不知道？）

（以上同 "〜ている"、"〜ています"）

△ "〜でございます" 體

此形式與 "〜である"、"〜です"、"だ" 的意思相同，是表示斷定而不是表示存在的 "ある"。

- なんだかおかしな天気{てんき}でございますね。（氣候有些不正常啊）
- まったくでございますね。（您說的是啊）
- 結構{けっこう}でございますねえ。（好極了）
- 決{けっ}してうそではございません。（決不是謊言）
- そういうわけではございません。（不是那麼一回事）

有時候，可以用"〜でいらっしゃいます"代替"〜でございます"，表示對別人的敬意。如：

- みなさまおおよろこびでいらっしゃいますよ。（大家可高興啦）
- 今日{きょう}はお弁当{べんとう}を御持参{ごじさん}じゃいらっしゃいませんの？（您今天沒帶便當來？）
- こちら様{さま}などは結構{けっこう}でいらっしゃいますが、私は ……
  （對這位／對你們來說是好的吧，可我 ……）

△ "（う音便）ございます" 體

有 "（形容詞的ウ音便→う・ゅう）＋ございます" 和 "（動詞＋たい→とう）＋ごさいます" 兩種。

- おさびしゅうございますね。（好寂寞啊）
- もったいのうございます。（太可惜了）
- よろしゅうございます。（好的）
- 私が悪{わる}うございました。（是我不好）
- ありがとうございます。（謝謝您）

	鄭　重	尊　敬	謙　讓
指示場合的敬語	わたし わたくし ／あなた ・どなた ／こちら ・そちら ・あちら ・どちら	あなたさま・どなたさま ・こちらさま・そちらさま ・どちらさま	わたくしども わたくしめ てまえども
對人的敬稱		佐藤さん・中村氏・加藤様・ 山田嬢・お父さん・御主人 様・貴殿・令室・令息・令 嬢・尊父・父上・母君・母 堂・先生・女史・貴官	娘ども・せがれめ ・わたくしこと・太 郎儀／小生・愚息 ・豚児・舍弟・荆妻
對事物的敬語	お茶・ごはん お菓子 お天気 おふろ	お名前・お宅・御住所・お 車・高著・御高名・芳名・ み心	拙宅・粗品 小著・拙文 寸志・薄謝 弊社
對動作、狀態的敬語	ございます （ある）	いらっしゃる（いる・行く・ 来る）・さなる（する）・あ そばす（する）・おっしゃる (言う)・めしあがる(食う) ・くださる（与える）・なく なる（死ぬ）・めす（食う・ 着る・乗る）・おでまし・ 光来・ご高配・行幸・逝去 ・崩御	申す・申し上げる・ いたす・参る（行く ）・うかがう（訪れ る・聞く）・いただ く（食う・もらう） ・差し上げる（与え る）・承る／ 愚考・拝見・拝受

鄭　　重	尊　　敬	謙　　讓
二十歳(はたち)です・二十歳であります・二十歳でございます／待っています・美しゅうございます	行かれる・来られる・おいでになる・御覧(ごらん)になる・お座(すわ)りなさる・お読みあそばす／お美(うつく)しい・おすこやか・ごりっぱ	お待ちする・御報告(ほうこく)する・お貸(か)しいたす・お話(はな)し申し上げる・見ていただく・御覧(らん)いただく・持って差し上げる・拝(はい)し奉(たてまつ)る

（左欄：給動作・狀態添上一層敬意的説法）

第七章　特定階層用的詞語

社會上所使用的語言，因人而異。例如，在日語裡：

一、因性別不同，產生男性用語與女性用語的不同；

二、因年齡不同，產生幼兒語、成人語和老人語之間的差異；

三、因職業不同，產生一些行話和專用名稱；

四、也有因出生、教養的不同而產生一些用詞不同等現象。

換言之，在不同集團、階層、領域裡都有著特有性格的詞。日本人把這些詞的差異、對應關係叫做語言的位相（言語の位相）。這種詞彙在使用上的差異，有的是從社會現象或心理因素產生的，但從本質上看，可視爲產生於社會心理。

第一節　男性用語和女性用語

男女用詞用語不同，這在許多語言中都有這種現象。但在日語裡，這種現象更顯著。日語裡的女性用語是較多的。日語裡的這些差異，有哪些特徵呢？

△性別不同，用語不同。從詞彙上看，這首先表現在人稱代詞上。請看下表。

現代小說、戲曲裡的男女自稱、對稱的差異表

	人稱代詞	男	女	合　計
自稱	ワタシ・私（わたくし）	134	813	947
	アタシ	25	509	534
	ボク	1295	0	1295
	オレ	401	0	401
	其　他	45	12	57
	総　計	1900	1334	3234
對稱	アナタ	192	605	794
	アンタ	24	87	111
	キミ	764	0	764
	オマエ	267	74	341
	其　他	8	40	48
	総　計	1255	806	2058

（引自田中章夫著《国語語彙論》明治書院）

△其次，女性用語較多地在名詞、形容詞上加接頭詞お，以表示語氣鄭重、語言優美。如：

　　おビール　お酒（さけ）　おひや　お紅茶（こうちゃ）　おふろ　おみやげ

　　お歳暮（せいぼ）　お料理（りょうり）　お食事（しょくじ）　お化粧（けしょう）　お宅（たく）　お得（とく）　お電話　おせんたく　お先（さき）……

　　お美（うつく）しい　おさびしい　お忙（いそが）しい……

　　お大事（だいじ）な　お元気（げんき）な　お丈夫（じょうぶ）な……

用お之外，還有用おみ的。如：

　　おみ足（あし）　おみおつけ　おみくじ　おみ帯（おび）　おみ大きい

△男性用語與女性用語的第三個特徵是男性多用漢詞，女性

多用和語詞。

	男　　　　性	女　　　性
書信用語	侍史・机下・大兄・貴殿 小生・啓上 敬具	御みもとへ 私・おめもじ（会う） かしこ・あらかしこ
敬称	～君	～さん
日常用語	見事な うまい 食らう・食う ぶっ（倒れる） はっ（倒す） ぶん（なぐる） な（っぱ） 歩く おやじ・おふくろ 醤油 水 塩	素敵な おいしい 食べる・いただく あおもの おひろい おしたじ おひや 波の花

　　從以上所舉的例子可以看出，日語女性用語與男性用語有較大的區別。但日語裡的女性用語，除了上述不同之外，在語體上還有著更大的不同。試看下列對話。

〔男性的對話〕

　　　「ばかに早く書けるね」

　　　「いや、これでも遅い方だ」

　　　「よっぽど、たくさんの手紙を一年中には書くんだろう

ね。ビジネスの手紙だってさ、考えてもたまらないな」
　「ところが 幸（さいわ）いと君（きみ）が書くんじゃなくて、ぼくが書くん
　　だからね」
〔女性的對話〕
　「ずいぶん早くお書けになるのね」
　「ちがうわ。これであたし遅い方よ」
　「どんなにたくさんのお手紙を一年中にお書きになるんで
　　しょうね。ビジネスのお手紙だって、考えてもたまんな
　　いわ」
　「でも仕合（しあわ）せと、あなたがお書きになるんじゃなくて、わ
　　たしが書くんですもの」
　　　　　　　　　（引用金田一春彦著《日本語》，岩波新書）

　　可以說，日本女性的用詞用語比男性複雜。當然，女性與男
性都能用的通用語還是占大多數。女性甚至可以用男性用語，盡
管這種人很少。

　　日語女性用語的特徵有如下幾點：
① 　以接續形結句的極多。如：
　• そんなこと、気（き）になって？（那樣的事，您擔心嗎？）
　• 早くおっしゃってよ。（請快說啊）
　• どうぞおかけになって。（請坐）
　• そんなことおっしゃるもんじゃなくってよ。（您不該
　　說那樣的話）

② 用終助詞、感嘆助詞わ、の、こと、もの、よ、ね、な
　等的極多。如：

- 本当によかったわ。ありがとう。（太好了，謝謝你）
- まあ、困ったわ。（哎呀，糟了）
- お待ちしていたの。（我正在等您呢）
- まあ、きれいだこと！（噢！多美！）
- あっちへ行きましょうか。立っていると、くたびれる
　ことよ。（到那邊去吧。老是站著會累的）（斷定）
- ずいぶんきれいになったこと！（哎呀，變得可漂亮
　啦！）（感嘆）
- ちょいと御覧にならないこと？（我們看一看好不
　好？）（提問）
- 見えやしないわよ。（一點兒也看不見呢）
- いいのよ、ねてらっしゃい。（不要緊，你就躺著吧）
- そんなことを言ってもだめよ。（你說這種話也不行）
- そのつもりよ。（是的，準備那樣做）
- よく知ってるわね。（你知道很清楚嘛）
- やっぱりそうだったのね。（果然是那麼一回事）
- お気の毒ね。（眞可憐）
- もうお構い下さいますな。（請不要再爲我張羅了）

③ 語言表達，較有情趣。如：
　水→おひや　醤油→おしたじ　腹がへる→おなか
　がすく ……

④ 避免使用較硬的漢語詞，選用較柔軟的和語詞。

⑤ 多用敬語，說話有禮貌。

〔練習〕

請把下列男性用語改爲女性用語。

①あれ、見てきたよ。→

②おお、いいねえ。→

③おお、たいへんな人出だぞ。→

④ほう、それは知らなかったな。→

⑤そんなことするなよ。→

⑥気になるのか？→

⑦聞いたか。→

⑧早く言えよ。→

⑨どんなこと君に言った？→

⑩春男ちゃん、大きくなったね。→

⑪罰が当ったんだよ。→

⑫ぼくにはとてもだめだよ。→

第二節　因年齡、階層不同而用語不同

1. 幼兒用詞

幼兒常用的詞語，叫做幼兒語（幼児語）。幼兒語是低年齡小朋友講的，或向低年齡小朋友講的語言。

• さあ、おねんねしましょうね。（好，小寶寶，該睡覺

了）

• ぼくアンヨするよ。（我要自己走）

• ワンワンこわい。（我怕狗）

• ニャーニャーが来た。（貓咪來了）

• ウマウマちょうだい。（給我好吃的）

立つ（一般詞）／タッチ（幼兒語）　寝る／おねんね（する）　おぶさる／オンブ　きたない／バッチイ　おいしいもの／ウマウマ　足／アンヨ　手／オテテ　目／オメメ　頭／オツム　おなか／ポンポン　車／ブーブー　着物／オベベ　お湯（ゆ）／ブー　ご飯／マンマ　魚（さかな）／オトト　犬（いぬ）／ワンワン　猫／ニャーニャー

根據調查，幼兒（一歲半至二歲半）使用頻度較高的100個詞，見如下所示（引用自田中章夫著《国語語彙論》）：

これ　居（い）る　無（な）い　ここ　行（い）く　する　いい　やる　来（く）る　何（なに）　有（あ）る　いや　こっち　こう　言う　どこ　取る　そう　成（な）る　食べる　もう　この　見る　だめ　持（も）つ　作（つく）る　あれ　はいる　ママ　上（あ）げる　ちょっと　とこ　あっち　乗（の）る　大きい　書く　ちょうだい　うち（家）　どう　知（し）る　ひとつ　こわい　入（い）れる　みんな　読（よ）む　下（くだ）さる　なさる　今（いま）　できる　だれ　出（で）る　今度（こんど）　中（なか）　だって　人（ひと）　違（ちが）う　どうして　遊（あそ）ぶ　わたし　分（わ）かる　だから　よいしょ　あそこ　置（お）く　待（ま）つ　痛（いた）い（→痛（いた）む）　こんな　どれ　こと　また　買（か）う　どうぞ　小（ちい）さ

い 付ける 船^{ふね} 水^{みず} 何^{なに}か 付^つく とき それ 赤^{あか}い

パパ 落^おっこちる まだ あける（開ける） みっつ

本 おじさん あと（後） 花^{はな} もっと ふたつ 方^{ほう}

汽車^{きしゃ} 一杯^{いっぱい} 貸^かす おばあさん 見える（→見る） さ

かな 帰^{かえ}る

〔注〕以上按使用頻度高低排列。

　從詞的分類來看，幼兒語中使用最多的是名詞，約占半數。到了四歲左右，動詞等用言和副詞、連詞的使用頻度一下子就提高了。幼兒用詞，因受母親影響較大，帶有較濃的女性用語色彩。

2. 一般詞語與老人詞語

　一般說來，幼兒用詞帶有女性用語的色彩，年輕人較喜歡用外來語、新語和流行語，而老年人卻不善於用外來語，用詞用語顯得較陳舊一些。當然這不是絕對的，衹是一種傾向。試比較：

　ありのまま（一般詞語）／ありてい（老人詞語）　駅^{えき}／停車場^{ていしゃば}　オーバー／外套^{がいとう}　いいなずけ・フィアンセ／いいなずけ　ショール／肩掛^{かたか}け　マフラー／えりまき　女^{じょ}子^し／おなご　せっけん／シャボン　中風（ちゅうぶ・ちゅうふう）／中気^{ちゅうき}　（家を^{いえ}）建^たてる／普請^{ふしん}する　美人^{びじん}／器量^{きりょう}よし　美男子^{びだんし}／色男^{いろおとこ}　ふろ場^ば／湯殿^{ゆどの}　ポケット／かくし　モダン／ハイカラ　輸入^{ゆにゅう}／舶来^{はくらい}　旅館^{りょかん}／宿^{やど}屋^や　レコードプレイヤー／蓄音機^{ちくおんき}　プレゼント／おくり

もの　バランス／つりあい　チャンス／機会　卓球／
ピンポン　……

3. 學生用語

エスケープ　代返　学食　えんま帳　留年　浪人
一浪　現役　アンチョコ　ゲル　ゲルピン（←「ゲル」
＋「貧」）　リーベ　メッチェン　ゲバルト　豆単（←
豆単語集）　コンパ　ノンポリ（←non political）　し
ごき　音痴　アナウンサー　低空飛行　……

〔注〕“音痴”、“浪人”、“現役”、“アンチョコ”、
“しごき”、“えんま帳”等已經在社會上通用。

第三節　專業用語

　　專業用語指的是某專業領域裡所用的詞語。譬如學術用語、
科技用語、統計用語以及與日常生活有連關的專用語。由於科學
技術的發達，各領域裡的專業用語也大量湧現，它們急速地進入
一般社會。可以說，當代是專業用語的時代。盡管如此，專業用
語對一般人來說，還是難於正確理解的。試以日本的氣象用語
“北の風”和“北よりの風”爲例來看，這兩者究竟有何區別呢？

　　“北の風”——指的是以正北爲中心，從四十五度範圍內吹
過來的風。

　　“北よりの風”——指的是以正北爲中心，從左右各四十五
度（共九十度範圍內）吹過來的風。

體育用語"審判"（漢語爲"裁判"）一詞，日語分別使用"アンパイヤー"、"レフェリー"、"ジャッジ"等詞。

アンパイヤー、レフェリー、ジャッジ的區別：

	アンパイヤー	レフェリー	ジャッジ
バレーボール	副審	主審	
バスケットボール	副審	主審	
レスリング		主審	副審
テニス	主審	競技委員長	副審
陸上競技		審判長	審判員
卓球	審判員	審判員	
野球	審判員		

（引用自田中章夫著《国語語彙論》）

專業用語的面相當廣泛。今舉幾個專業的一些例子如下：

〔電子計算機〕

デジタルコンピュータ (digital computer)／計數式電子計算機（一般講電子計算機時，指的是這一種。）　パソコン (Personal Computer)／單人用的事務處理機　オンライン (on line) 電子計算機接上終端裝置的狀態，即隨時可以直接進行遠距離的資料通信　集積回路／集成電路　メモリー (memory)／電子計算機的記憶裝置　プログラマー (Programmer)／電子計算機的程序編制人　データ (data)／通信、數據通信

〔廣播〕

ナマ放送／實況廣播　　本番(ほんばん)／正式演出　　リハーサル(rehearsal)／排演、排練　　アナ（"アナウンサー"的略語。）／播音員　　帯番組(おびばんぐみ)／每日或每週定時播放的節目　　相乗(あいの)り／兩個以上的單位共同出資提供的節目　　テレビタレント(television talent)／電視的文藝工作者或電視節目主持人

〔戲劇〕

おはこ（十八番）／拿手戲　　おやま（女形）／男扮旦角　　二枚目(にまいめ)／小生、美男子　　くろこ（黒衣）／歌舞伎裡負責照料前台的人　　大部屋(おおべや)／大房間（指多人共同的化粧室）轉而指下級演員　　引(ひ)き抜(ぬ)き／指歌舞伎演員在舞台上以迅速的動作脫掉上面衣服換成穿在下面的衣服一事　　ロングラン(long run)／戲劇、電影長期上演或放映　　裏方(うらかた)／後台工作人員　　見得(みえ)（を切る）／（在舞台上）亮相　　とんぼ（を切る）／（舞台上）翻筋斗　　濡(ぬ)れ場(ば)／演愛情的場面　　アドリブ(ad＝lib)／劇本裡沒有的即席台詞　　アクセント(accent)／要用心強調的台詞

〔音樂〕

スコア(scare)／總譜　　アンサンブル（法語・ensemble）／合奏、重唱　　ソプラノ（義語・soprano)／女高音　　アルト（義語・alto）／女中音　　テノール（德語 Tenor）／男中音　　バス(bass)／男低音　　トリオ

（義語　trio）／三重奏、三重唱　　カルテット（德語
quartett）／四重奏、四重唱　　ソナタ（義語　sonata）
／奏鳴曲　　ソロ（義語　solo）／獨唱、獨奏　　リサ
イタル(recital)／獨唱會、獨奏會

第八章　和語詞、漢語詞、外來語

　　日語詞彙，從來源看，基本上由和語詞（和語・やまとことば）、漢語詞（漢語）和外來語（外来語）三種詞語組成。其中，和語詞和漢語詞最重要。和語詞、漢語詞和外來語的區別，在日語裡叫做"語種"（語種）。

第一節　和語詞

1. 和語詞的特徵

　　和語詞，是指與漢語詞相對而言的日本固有詞彙即從中國借用漢字以前就在日本使用的詞語。和語詞中用漢字書寫的字，祇能用訓讀。如：

これ　あなた　さくら　山　川　読む　泳ぐ　考える
笑う　どなる　大きい　明るい　暗い　うるさい　静かな
やがて　しかし　けれども　……

　　和語詞是在日常生活範圍中使用的日本基本詞，約占日語詞彙總數的三分之一。

	和語詞	漢語詞	外來語	語種混合詞	共　計
詞　數	22.366	31.839	4.709	1.304	60.218
百分比	37.1	52.9	7.8	2.2	100%

（引用自《図説日本語》角川書店）

但是，日本人在日常生活中（衣食住行及農耕生產活動等）用和語詞要占詞彙總數的大半。就是說，實際使用量要超過上述百分比。使用面頗廣泛。如：

食品—食べ物 めし しる さけ もち あめ たまご
漬物 肉 果物 ……

衣服—きもの 下着 くつした おび 手ぶくろ えり
背広 ……

日用品—なべ はし 皿 板 糸 針 のり あみ 桶
絹 炭 畳 包み紙 布 箱 うちわ かぎ かさ
靴 墨 のり はさみ 鏡 ……

數詞—ひとつ ふたつ みっつ とう はたち ……

和語詞約占詞彙總數的三分之一以上，在日語中作用很大，其中日用品等物品的名稱頗多。尤其是動、植物的名稱、自然現象的叫法，人與人之間的關係、稱呼以及心理活動等等。如：

〔有關動物的〕 けもの 牛 とり さる いぬ ねこ
からす うさぎ さかな かつお まぐろ さけ えび
むし とんぼ 蚊 はえ ……

〔有關植物的〕 さくら こめ いちご くさ 木 芽ぐ
む 咲く 散る 枯れる ……

〔有關自然現象的〕 山 空 石 水 音 雷 雲 夕
やけ 雪 雨 風 曇る 晴れる 降る 吹く やむ ……

〔有關人與人之間的關係的〕 おっと つま むこ よめ
奥さん やる くれる もらう あげる さしあげる

いただく　ちょうだい（する）　みやげ　見舞<ruby>見<rt>み</rt></ruby><ruby>舞<rt>ま</rt></ruby>い　お
<ruby>年玉<rt>としだま</rt></ruby>　<ruby>お歳暮<rt>せいぼ</rt></ruby>　つけとどけ　……

〔和心情有關的〕　気（が重い／<ruby>利<rt>き</rt></ruby>く／めいる／とがめ
る）　きまりが<ruby>悪<rt>わる</rt></ruby>い　てれくさい　<ruby>照<rt>て</rt></ruby>れる　はずかしい
<ruby>泣<rt>な</rt></ruby>く　<ruby>笑<rt>わら</rt></ruby>う　<ruby>喜<rt>よろこ</rt></ruby>ぶ　<ruby>悲<rt>かな</rt></ruby>しむ　……

　　除了名詞，和語詞在其他詞類裡占的比例也很大。如在用
言、副詞裡，和語詞占著統治地位。所有的助詞、助動詞都是和
語詞。但在表示人體、病名以及感覺的抽象概念方面，和語詞卻
是較貧困的。如：

音讀詞（包括外來語）	和語詞
<ruby>胃<rt>い</rt></ruby>　<ruby>腸<rt>ちょう</rt></ruby>　<ruby>心臓<rt>しんぞう</rt></ruby>　<ruby>腎臓<rt>じんぞう</rt></ruby>　<ruby>胃腸<rt>いちょう</rt></ruby>カタル　<ruby>肝臓<rt>かんぞう</rt></ruby>　胃けいれ ん　心臓病　<ruby>肺結核<rt>はいけっかく</rt></ruby>　ガン　<ruby>中風<rt>ちゅうぶ</rt></ruby>　チフス　コレラ マラリア　……	無
<ruby>忠<rt>ちゅう</rt></ruby>　<ruby>孝<rt>こう</rt></ruby>　<ruby>恩<rt>おん</rt></ruby>　<ruby>義理<rt>ぎり</rt></ruby>　<ruby>愛嬌<rt>あいきょう</rt></ruby>……	無
センス　エスプリ　テーマ　ユーモア……	無

　　現代日語裡，不論是 NHK（日本廣播協會）的新聞報導
中，還是國立國語研究所所調查的現代雜誌（五個領域裡的九十
種）所用語中，在使用動詞時，用和語動詞的爲絕對多數（而名
詞卻多數用漢語詞）。現把最常用的二十個和語動詞，按使用頻
度的高低排列如下：

する　いる　なる　ある　<ruby>言<rt>い</rt></ruby>う　つく　おる　よる　され
る　<ruby>見<rt>み</rt></ruby>る　<ruby>述<rt>の</rt></ruby>べる　<ruby>行<rt>おこな</rt></ruby>う　<ruby>来<rt>く</rt></ruby>る　できる　<ruby>出<rt>で</rt></ruby>る　はいる

取る　続く　受ける　させる

竹内美智子在《和語の性格と特色》一文裡指出，同漢語詞比較，和語詞有以下五個特點：

①　從總詞彙量看，漢語詞占優勢，從使用頻度看，和語詞占優勢；

②　從詞類來看，基礎詞彙中漢語詞的名詞，和語詞的動詞分別占優勢；

③　複合詞大都爲漢語詞，單純詞大都爲和語詞；

④　從含義上看，表示抽象概念的和語詞極少（這一類詞大都靠漢語詞）；

⑤　在表示同一含義的場合裡，和語詞大都用於日常口語，漢語詞大都用在書面語。

一些同義詞，是由和語詞與相對應的漢語詞、外來語組成的。出現這種情況時，一般以和語詞爲中心。

和　語　詞	漢　語　詞	外　　來　　語
宿屋（やどや）	旅館（りょかん）	ホテル
手紙（てがみ）	書簡（しょかん）	レター
贈り物（おくりもの）	贈答品（ぞうとうひん）	プレゼント・ギフト
つれあい	配偶者（はいぐうしゃ）	ワイフ・ハズバンド
ねじまわし	—	ドライバー
あみ	—	ネット
山（やま）	山岳（さんがく）	—
食べ物（たべもの）	食料品（しょくりょうひん）	フード
速さ（はやさ）	速度（そくど）	スピード
触る（さわる）	接触（せっしょく）する	タッチ（する）

偉_{えら}い	偉大_{いだい}だ	—
洗_{あら}う	洗濯_{せんたく}（する）	クリーニング（する）
刷_する	印刷_{いんさつ}（する）	プリント（する）
とまる	停止（する）	ストップ（する）

2. 和語詞的書寫

和語詞既可以用漢字，也可以用假名來寫。

(1) 主要寫漢字的

山_{やま} 川_{かわ} 海_{うみ} 食_たべ物_{もの} 考_{かんが}える 触_{さわ}る 偉_{えら}い ……

(2) 用漢字、假名都可以寫的

さくら（桜） よむ（読む） かく（書く） あるく（歩く） みる（見る） かくれる（隠れる） あかるい（明るい） くらい（暗い） しろい（白い） たのしい（楽しい） しずか（静か） ……

(3) 用假名來寫的

これ あなた きのう なべ どなる わめく ほころびる うるさい （……を）する （……に）なる へたな ちっぽけな やがて しかし けれども もりもり どしどし すっかり ……

〔練習〕

把下列有底線的單詞改爲和語詞。

①ルーペを使ってしらべた。

②ひっこし荷物を自動車で<u>運搬</u>した。

③町で<u>友人</u>にあった。

④スキーで<u>転倒</u>して足をくじいた。

⑤かれの家は<u>貧乏</u>だった。

第二節　漢語詞

1. 日語裡的漢語詞

　　現代日語裡的漢語詞，大部分是日本人從古漢語借用其形、音、義的，有的則祇借用其形、音而賦予新的含義。因此，這些漢語詞在日語裡叫做"漢語"或"字音語"。這些漢語詞，都是音讀。不論在哪個領域裡，日本廣泛地使用著漢語詞。如：

〔飲食品〕　御飯　豆腐　牛肉　牛乳　砂糖　紅茶
……

〔衣服〕　和服　洋服　制服　白衣　帽子　……

〔日用品〕　財布　鉛筆　万年筆　黒板　水筒　封筒……

〔體育〕　水泳　野球　卓球　庭球　本塁打　……

〔藝術〕　絵画　水彩　彫刻　俳句　音楽　交響楽　……

〔醫學〕　手術　輸血　高血圧　脈　結核　看護婦　……

〔數詞〕　一　二　三　四　五　百　千　万　億　兆
……

〔法律・政治〕　憲法　裁判　選挙　国会　大臣　知事
……

〔自然〕　地球　太陽　空気　台風　石油　山脈　……

〔動物・植物〕　象　雷鳥（らいちょう）　金魚（きんぎょ）　菊（きく）　白菜（はくさい）　大根（だいこん）　大豆（だいず）……

〔身體的一部分〕　胃（い）　腸（ちょう）　肺（はい）　心臟（しんぞう）　筋肉（きんにく）　血管（けっかん）　皮膚（ひふ）……

　　日語漢語詞彙中，有一部分被中國採用，成爲近代漢語詞彙。実藤惠秀教授認爲這種詞語有1063個「見三浦昭《日本語から中国に入った漢語の意味と用法》（日本語教育53号）」。據上海辭書出版社出版的《漢語外来語詞典》一書所載，從日語吸收過來的外來語爲890個。現把這890個，以《從日語裡吸收的漢語外来語》爲題摘錄出來，作爲資料附錄於書後，供讀者參考。

〔日本造漢語〕

　　日語漢語詞彙裡，有一部分用漢字來寫的和語詞，這叫做<u>日本造漢語</u>（わせいかんご）（和製漢語）。如：

△大事（だいじ）　大根（だいこん）　出張（しゅっちょう）　立腹（りっぷく）　相伴（しょうばん）　物騒（ぶっそう）　火事（かじ）　返事（へんじ）
弁当（べんとう）　遠足（えんそく）　心配（しんぱい）　無駄（むだ）　世話（せわ）　兔角（とかく）　怪我（けが）　見事（みごと）　番地（ばん ち）
看板（かんばん）　配達（はいたつ）　沢山（たくさん）　注文（ちゅうもん）　葉書（はがき）　山車（だし）　手紙（てがみ）　名前（なまえ）
時雨（しぐれ）　海苔（のり）　秋刀魚（さんま）　残念（ざんねん）　顔触れ（かおぶれ）　仕入れ（しいれ）　日和（ひより）
風呂敷（ふろしき）　先程（さきほど）　見頃（みごろ）　一番槍（いちばんやり）　畳（たたみ）　古物（ふるもの）　足袋（たび）　浜辺（はまべ）
歯磨（はみがき）　上着（うわぎ）　鳥居（とりい）　打水（うちみず）……

△畑（はたけ）　畠（はたけ）　峠（とうげ）　匁（もんめ）　籾（もみ）　笹（ささ）　俤（おもかげ）　凪（なぎ）　躾（しつけ）　榊（さかき）
鋲（びょう）　枠（わく）……

日語漢語詞彙中，一部分來自古代印度語（梵語）。這些詞語與佛教有關。如：

あみだ(阿彌陀) 如來 菩薩 釈迦 文殊(菩薩) 閻魔
羅漢 和尚 袈裟 尼 旦那 盂蘭盆 刹那 娑婆
煩悩 ……

來自中國用現代漢語發音的詞語，在日語裡不作爲漢語詞而作爲外來語看待。如：

ギョウザ（餃子） シューマイ（燒賣） パオズ（包子）
ワンタン（雲呑） チャーハン（炒飯） タンメン（湯
麵） ラーメン（拉麵） チャーシュー（叉燒） ウー
ロン(烏龍)茶 ラオチュー（老酒） コーリャン（高
粱） アヘン（鴉片） コンス（公司） マージャン（麻
雀） シーサン（先生） メンツ（面子） マンマンデ
（慢慢的） イッペントー（一邊倒） ……

2. 漢語詞的書寫

(1) 漢語詞一般用漢字書寫。但"常用漢字"表外的漢字則用假名書寫。如：

まんじゅう（饅頭） あっせん（斡旋） ぜいたく(贅
沢) た(溜)め息 つば（唾） 本だな（棚） 竹ざお
（竿） たき(焚)火 手ぬぐい(拭) おもかげ（面影・
俤） こっけい（滑稽） いしゅく(萎縮) ……

(2) 已成爲日常用語，與和語詞幾乎無區別的，用假名書

寫。如：

あいさつ（挨拶）　けんか（喧嘩）　わいろ（賄賂）　こ
じき（乞食）　きげん（機嫌）　きれい（綺麗）　たま（隅）
の休<ruby>休<rt>やす</rt></ruby>み　しにせ（老舗）　……

(3)　借用字

爲了書寫日語，借用漢字時，有兩種情況：a. 祇利用其字
音、字訓而不利用其字義；b. 除了利用其字音、字訓外，還利用
其字義。如：

　a. めでたい（目出度い）　かわいそう（可哀想）　むや
　　み（無暗）　まじめ（真面目）　かわいらしい（可愛
　　らしい）　ぎょうぎょうしい（仰々しい）　ぐずぐず
　　（愚図愚図）　でたらめ（出鱈目）　すてき（素敵・
　　素的）　めちゃくちゃ（滅茶苦茶）　やぼ（野暮）
　　ごまかす（誤魔化す）　うちわ（団扇）　まね（真
　　似）　ふさわしい（相応しい）　ひなた（日向）……
　　大人（おとな）　腕白（わんぱく）　地団太（じだん
　　だ）ふむ　砂利（じゃり）　師走（しわす）　部屋
　　（へや）　……

　b. 時計（とけい）　波止場（はとば）　寄席（よせ）
　　三味線（しゃみせん）　田舎（いなか）　梅雨（つ
　　ゆ）　五月雨（さみだれ）　雪崩（なだれ）　浴衣
　　（ゆかた）　……

(4)　用漢字書寫難免讀錯的同形詞，用假名書寫。

くふう・こうふ（工夫）　すまい・じゅうきょ（住居）
出どころ・しゅっしょ（出所）　じゅうぶん・じっぷん
（十分）　まっき・まつご（末期）　ぞうさく・ぞうさ
（造作）　けんぶつ・みもの（見物）　だいじ・おおご
と（大事）……

(5)　漢語性副詞一般用假名寫。

たいへん（大変）　もちろん（勿論）　たぶん（多分）
くれぐれも（呉々も）　やたら（矢鱈）　やはり（矢張
り）　ちょうど（丁度）　とかく（兎角）　なかなか
（中々）……

（注）下列副詞，可以用漢字書寫。

突然　万一　現に　非常に　意外に　親切に　実に　特
に　必ず　再び　全く　絶えず　重ねて　比較的に
……

(6)　動、植物名一般用假名寫。如：

みつばち（蜜蜂）　あり（蟻）　すずめ（雀）　きりん
（麒麟）　ねこ（猫）　へび（蛇）　うし（牛）　ぶど
う（葡萄）　みかん（蜜柑）　いも（芋）　むぎ（麥）
いね（稲）　にんじん（人参）……

(7)　粗俗語用假名書寫。如：

トラ（＝よっぱらい）　イヌ（＝スパイ・まわし者）
ザマ（＝かっこう・ようす）　シロ　クロ……

(8)　黑話用假名寫。如：

サツ（＝警察）　ブンヤ（＝新聞記者）　ナオン（＝
女）　モク（＝タバコ）……

〔練習〕

一、把下列漢語詞注上兩種含義不同的讀音。

心中（　　　　　　　　）礼拝（　　　　　　　　）目下（

　　　　　　　）大事（　　　　　　　　）見物（　　　　　　　　）寒気

（　　　　　　　）大家（　　　　　　　　）風車（

　　）

二、請找出下列文裡的漢語詞並寫出來。

　　　ごくたんきかんだけニッポンをおとずれるひとは、ニッ
ポンのすばらしさにみせられる。すべてのことがうまくき
のうしているし、へいわそのものだ。ニッポンじんはきん
べんだし、しょうじきだ。ろうじんはうやまう。まちはせ
いけつだし、ちあんはいい。なにもかもよくちょうわがと
れている。

　　だが、すうかげつもすんでいると、アラがみえはじめ
る。ニッポンはなんといってもへいさしゃかいであり、
ニッポンごやニッポンぶんかをまもろうとけっしんして
も、やがてそがいかんをもってしまう。どうしてもこえら
れないかべがたちはだかるのである。しゃかいのないぶに
までいれてもらえない。

三、下列每對漢語中，請指出哪一個是正確的，並講出其含義。

① ⌈相図
　⌊合図 ⌋ を送る　② ⌈合棒
　　　　　　　⌊相棒 ⌋ がいない　③ ⌈案の条
　　　　　　　　　　　　　⌊案の定 ⌋ かれ

だった　④ ⌈意思表示
　　　　⌊意志表示 ⌋ をする　⑤ ⌈有頂天
　　　　　　　　　　　⌊宇頂天 ⌋ になる

⑥ ⌈応待
　⌊応対 ⌋ に出る　⑦ ⌈大立て物
　　　　　　　⌊大立て者 ⌋　⑧ ⌈会心
　　　　　　　　　　　⌊快心 ⌋ の作

⑨ ⌈危機一発
　⌊危機一髪 ⌋　⑩ ⌈気狂い
　　　　　⌊気違い ⌋　⑪ ⌈窮況
　　　　　　　　⌊窮境 ⌋ におちこむ

⑫ ⌈紀律
　⌊規律 ⌋ を守る　⑬ ⌈原始的
　　　　　　⌊元始的 ⌋ なやり方　⑭ ⌈惨忍
　　　　　　　　　　　　　⌊残忍 ⌋ 性をお

びる　⑮ ⌈受話機
　　　⌊受話器 ⌋　⑯ ⌈先入感
　　　　　　⌊先入観 ⌋ にとられる

⑰ ⌈日新月歩
　⌊日進月歩 ⌋ の科学　⑱ ⌈売買
　　　　　　　⌊買売 ⌋ 契約　⑲ 万事 ⌈窮す
　　　　　　　　　　　　　　　　⌊休す

⑳ ⌈複製
　⌊復製 ⌋

3. 漢語詞的讀法

　　漢字是形、音、義兼備的文字。也就是說，中文裡的漢字是以一字一音一義為原則的。但是，日語裡的漢字，都有兩個或兩個以上的音。如：

　　生物（なまもの・せいぶつ）　書物（しょもつ）／書き物（かきもの）　牛（うし）／牛肉（ぎゅうにく）　銀行

（ぎんこう）／行事（ぎょうじ）／行宮（あんぐう）／行なう（おこなう） ……

這是日本在與中國接觸的漫長歲月裡，吸收了中國佛教文化的同時，還在各個時期吸收了不同地區的漢字音所造成的。其中，"呉音"和"漢音"成了日語漢字音的兩大系統。

(1)　呉音

呉音是在中國六朝到六、七世紀，日本推古朝以前就開始，也就是最早傳到日本的漢字音。顧名思義，是從呉地區（長江下游的南京、蘇州、上海、寧波、溫州一帶）傳入日本的中國江南系統的發音。日語裡大量日常詞語和佛教經典用語，幾乎都是呉音。如：

人間（にん げん）　　兄弟（きょう だい）　　大（だい）

伴食（ばんしょく）　　天井（てん じょう）　　言語（げんご）　　言語道断（ごんごどうだん）　　頭上（ずじょう）

東京（とうきょう）　　今昔（こんじゃく）　　修業（しゅうぎょう）　　白米（はくまい）　　経文（きょうもん）　　お経（きょう）　　礼拝（らいはい）　　殺生（せっしょう） ……

(2)　漢音

漢音是日本的遣唐使（遣唐使）從長安一帶引入日本的語音（即北方系統的音），是七世紀末到八世紀傳入日本的。漢音被視爲正統音而受到推廣。因此，日語漢語詞彙中，以漢音最多。近代以後日本造的漢字主要用漢音。

男女（だん じょ）　　銀行（ぎん こう）　　兄弟（けい てい）

大家（<u>たい</u><u>か</u>）　礼（<u>れい</u>）　京浜（<u>けい</u>ひん）　頭髪
（<u>とう</u>はつ）　提出（<u>てい</u>しゅつ）　経験（<u>けい</u>けん）
脚本（<u>きゃく</u>ほん）　明月（<u>めい</u>げつ）

呉音和漢音的比較：

呉　　　音	漢　　　音
大臣（<u>だい</u>じん）	大国（<u>たい</u>こく）
成就（じょう<u>じゅ</u>）	就任（<u>しゅう</u>にん）
伴食（ばん<u>しょく</u>）	伴侶（はん<u>りょ</u>）
経文（<u>きょう</u>もん）	経書（<u>けい</u>しょ）
金色（<u>こん</u>じき）	金銀（<u>きん</u>ぎん）
世間（せ<u>けん</u>）	中間（ちゅう<u>かん</u>）
正体（<u>しょう</u>たい）	正方（<u>せい</u>ほう）
殺生（せっ<u>しょう</u>）	生殺（せい<u>さつ</u>）
末期（まつ<u>ご</u>）	期間（<u>き</u>かん）
強力（<u>ごう</u>りき）	強烈（<u>きょう</u>れつ）
脚気（かくけ→<u>かっけ</u>）	脚本（<u>きゃく</u>ほん）

(3)　唐音

　　這是十一世紀以後（中國的宋、元、明、清朝，日本的平安
時代至江戶時代），由日本的僧侶和商人引進中國江南地區的語
音，它們數量不多，僅以食物、器物及禪宗用語為主。如：

　　〔宗教〕　和尚（<u>お</u>しょう）　庫裡（く<u>り</u>）　普請（ふ
　　しん）

　　〔食物〕　饅頭（まん<u>じゅう</u>）　餛飩（<u>う</u>どん）　喫茶
　　（<u>きっ</u>さ）

　　〔器物〕　瓶（<u>びん</u>）　鈴（<u>りん</u>）　亭（<u>ちん</u>）　椅子

（いす）　布団（ふとん）　算盤（そろばん）　簞笥
（たんす）　湯湯婆（ゆたんぽ）　火燵（こたつ）　甲
板（かんぱん）　暖簾（のれん）

(4)　"訓讀＋音讀"讀法和"音讀＋訓讀"讀法

由兩個字組成的漢語詞中，除音讀和訓讀兩種讀法之外，還
有以"訓讀＋音讀"讀法（湯桶読み）和以"音讀＋訓讀"讀法
（重箱読み）。

〔訓讀＋音讀讀法〕（湯桶読み）
手数（てすう）　身分（みぶん）　夕刊（ゆうかん）　敷布（しきふ）　敷金（しききん）　合図（あいず）　荷物（にもつ）　長年（ながねん）　雨具（あまぐ）　見本（みほん）　場所（ばしょ）　黒幕（くろまく）　汚れ放題（よごれほうだい）……

〔音讀＋訓讀讀法〕（重箱読み）
本屋（ほんや）　字引（じびき）　番組（ばんぐみ）　半年（はんとし）　王様（おうさま）　一時（いちどき）　悪玉（あくだま）　格下げ（かくさげ）　駅売り（えきうり）　客間（きゃくま）　台所（だいどころ）　茶柱（ちゃばしら）　役場（やくば）　寒鮒（かんぶな）……

〔練習〕

①　"発"這個字有漢音"ハツ"和慣用音"ホッ"兩種唸
法。下列詞語怎麼唸？

発明（　　　）　　発車（　　　　　）　　突発（事故）

（　　　）　発音（　　）　　発熱（　　　）　　発足

（　　　）　発起人（　　　）　　発端（　　　）

②　"一所"可唸成漢音"しょ"，但起"連濁"現象
時，唸成"じょ"。下列詞語怎麼唸？

一ヵ所（　　　）　急所（　　　）　名所（

）　役所（　　　　）　事務所（　　　　）　裁判所
（　　　　）　刑務所（　　　　）　便所（　　　　）
寝所（　　　　）　難所（　　　　）　研究所（
　　　　）　保健所（　　　　）　案内所（　　　　）　試
験所（　　　　）　紹介所（　　　　）　出張所（
　　　　）

③　"大一"有"だい"、"おお"兩種唸法。

大家族（　　　　）　大規模（　　　　）　大多数（
　　　　）　大部分（　　　　）　大火事（　　　　）
大掃除（　　　　）　大騒動（　　　　）　大喧嘩（
　　　　）　大地震（　　　　）

④　"読"有漢音"とく"、"とう"和呉音"どく"三種
讀法。

読本（　　　　）　読書（　　　　）　音読（
　　　　）　句読点（　　　　）

⑤　"殺"有漢音"さつ"、"さい"和呉音"せっ"三種
唸法。

殺人（事件）（　　　　）　殺風景（　　　　）　殺到
する（　　　　）　相殺（　　　　）

⑥　下面幾個單詞該怎麼唸？

学校（　　　　）　逆効果（　　　　）　三角形
（　　　　）　声楽家（　　　　）　緑化（　　　　）　百貨
店（　　　　）　旅客機（　　　　）

4. 漢語詞的作用

(1) 漢語詞的詞類

從詞類上看，日語漢語詞大部分是名詞（包括代詞、數詞）。但也有作爲名詞以外詞類來用的。

〔動詞〕

加“する”作動詞。如：

対する　死亡する　逮捕する　発表する　運転する
検討する　衝突する　出席する　反対する　提出する　要求する　会談する　参加する　報告する　協議する　予想する　実施する　追及する　協力する
要請する　通ずる　主張する　強調する　応ずる
達する　成立する　注目する　解決する　派遣する
再開する

〔注〕以上三十個漢詞動詞，是按使用頻度的高低排列的。

△加“接尾詞”作動詞。如；

利口ぶる　偉ぶる　残念がる　うれしがる　殺気だつ
皮肉めく　古めく　がたつく　そわつく　汗ばむ　気色
ばむ　……

△加上活用詞尾，成爲動詞。

訳す　力む　目論む　牛耳る　皮肉る　退治る　横井
る　サボる　ダブる　……

〔形容詞〕

四角い　黄色い　可愛いい　非道い／毒々しい　騒々し

い／愛_{あい}らしい　馬鹿_{ばか}らしい ……

〔形容動詞〕

元気_{げんき}だ　大切_{たいせつ}だ　安全_{あんぜん}だ　不思議_{ふしぎ}だ　楽観的_{らっかんてき}だ　確乎_{かっこ}た

る ……

〔副詞〕

突然_{とつぜん}　一切_{いっさい}　全然_{ぜんぜん}　折角_{せっかく}　非常_{ひじょう}に　万一_{まんいち}　大体_{だいたい} ……

〔連體詞〕

例_{れい}の　当_{とう}の　単_{たん}なる　主_{しゅ}たる　異_いな　あ（或）る　いわ

ゆる（所謂） ……

〔代詞〕

当方_{とうほう}　僕_{ぼく}　小生_{しょうせい}　貴殿_{きでん}　先方_{せんぽう} ……

(2)　漢語詞的字數

漢語詞大都由兩個字復合而成，三個字次之，一個字和四個字的最少。

門_{もん}　音_{おと}　声_{こえ}　客_{きゃく}　光_{ひかり}　敵_{てき}　味_{あじ}　劇_{げき}　色_{いろ}　県_{けん}　質_{しつ}　品_{しな}

……

権利_{けんり}　作製_{さくせい}　習慣_{しゅうかん}　読解_{どっかい}　食糧_{しょくりょう}　牛乳_{ぎゅうにゅう}　衣食_{いしょく}　位_い

置_ち ……

秋海棠_{しゅうかいどう}　夾竹桃_{きょうちくとう}　地球儀_{ちきゅうぎ}　九官鳥_{きゅうかんちょう}　完工式_{かんこうしき}　原始_{げんし}

林_{りん} ……

象形文字_{しょうけいもじ}　文化国家_{ぶんかこっか}　法治国家_{ほうじ}　株式会社_{かぶしきがいしゃ}　感概無_{かんがいむ}

量_{りょう} ……

5. 漢語詞的語體

(1) 一般說來，漢語詞比起和語詞來，是帶有書面語色彩的。

〔漢語詞〕	副食物	玩具	薬品	動物	食料品	規則	山岳
〔和語詞〕	おかず	おもちゃ	くすり	けもの	食べ物	きまり	山

〔漢語詞〕	寒冷だ	強烈だ	明瞭だ	偉大だ	幸福だ	不潔だ
〔和語詞〕	寒い	はげしい	あきらかだ	偉い	幸せだ	きたない

〔漢語詞〕	到着する	回復する	選択する	公表する	集中する	発生する
〔和語詞〕	着く	治る	選ぶ	公にする	集める	起こる

(2) 溶化成日常語的漢語詞

在日語裡，已成爲日常語的漢語詞，以一個字、兩個字的居多。這是因爲漢語詞本身所具備的明快性、準確性所帶來的必然結果。如：

安全　案内　意見　椅子　汽車　石油　権利　工事
責任　時間　四角　……

運転する　失敗する　注意する　不幸な　不便な　平気な　……

一度に　一緒に　一心に　非常に　折角　大体　多少
丁度　段々　……（副詞性詞語）

一つの案　印を押す　運が向く　絵を見る　駅の前　ひでりの害　明るい感じ　気をもむ　虚をつく　字がへただ　順に　職をとく　精を出す　税をかける　宴会の席　天と地の違い　度を越す　当の　党の首領　封を

切る 別のもの 変な 東の方 好きな本 妙な 明
るい面 役に立つ どのような ……(一個字的漢語詞)
いばる 縁つづき いや応なく 恩返し 気心 気立
て 気まま 気持ち わるぎ はざかい期 急場の
あげ句 区切る 責め苦 株式 家中 場所 お節介
総くずれ 大好き 台なし 帳消し 長年 念入
り ……（漢語詞＋和語詞）

6. 漢語詞的含義

(1) 對中國人而言，日語漢語詞即使不會讀，大致也可以猜
測它的含義。但有些日語漢語詞卻猜不出或容易猜錯其含義。
如：

勉強（＝唸書。非"勉強做某事"之意）

汚職（＝貪污。非"污穢的職業"）

百姓（＝農民。非"人民群眾"）

愛人（＝情人。非對"配隅"的稱呼）

娘（＝女兒，姑娘。非"母親"）

老婆（＝老太婆。非"妻子"）

亭主（＝丈夫。非"亭子的主人"）

丈夫（＝結實。非"丈夫"）

料理（＝菜肴。非"處理某事"）

湯（＝開水。非泛指"肉湯、菜湯的湯類"）

汽車（＝火車。非"汽車"）

と
戸（＝房間的門。非一戶、兩戶的 "戶"）
がいゆう
外遊（＝出國旅行。非 "到外面去玩"）
りゅうねん   き ちょう
留年（＝留級）   帰朝（＝回國）

(2)　有的日語漢語詞，順序恰恰互相顛倒。這種場合的漢語
詞，有的是意義較接近的同義詞，有的則意義相差甚遠。

①　意義較接近的。如：
しょくりょう りょうしょく せいさく さくせい ざいもく もくざい と ちゅう ちゅう
食 糧／糧 食　製作／作製　林木／木材　途 中／中
と   へいわ   わ へい   ぎろん   ろんぎ   れいぶん   ぶんれい   しゅうかん   かん
途　平和／和平　議論／論議　例文／文例　習 慣／慣
しゅう
習……

②　意義不同的。如：
ぜいかん かんぜい けんり りけん こうしん しんこう かいぎ ぎかい さん
税関／関税　権利／利権　行進／進行　会議／議会　産
しゅっ しゅっさん かいだん だんかい ちゅうしん しんちゅう ちゅうそつ そっちゅう
出／出産　階段／段階　中心／心中　中卒／卒中
ちゅうねん ねんじゅう ぎゅうにゅう にゅうぎゅう
中年／年中　牛 乳／乳 牛……

(3)　有的日語漢語詞，與和語詞相對應，成爲同義詞。但其
含義比和語詞略爲狹窄。
どう ろ   しゃりょう   じょせつ   すいえい みず
道路／みち　車両／くるま　除雪／ゆきかき　水泳／水
あそび……
はっしゃ   で   そつぎょう
発車する／（車が）出る　卒 業 する／（学校を）出る
けいさん   きゅうじょ   たす   てんとう
計算する／かぞえる　救 助する／助ける　転倒する／
こうしょう
ころぶ　交 渉 する／かけあう……
せいけつ   のうこう   きょうれつ
清潔な／きれいな　濃厚な／こい　強 烈な／はげしい
いだい   ようい
偉大な／えらい　容易な／やさしい……

－166－

7. 漢語詞的特徵

漢語詞有如下幾個性格上的特徵：

①　有表意性。如"危険（きけん）"這個詞，給人又可怕又不安全的感覺。相反，"嬉々（きき）（として）"則給人以喜氣洋洋的感覺和印象。

②　容易造複合詞。漢字因爲是表意文字，容易搭配複合詞。以"車"字爲例，可以搭配成：乗車（じょうしゃ）、下車（げしゃ）、新車（しんしゃ）、中古車（ちゅうこしゃ）、老朽車（ろうきゅうしゃ）、国産車（こくさんしゃ）、外車（がいしゃ）、自家用車（じかようしゃ）、発車（はっしゃ）、停車（ていしゃ）、駐車（ちゅうしゃ）、検車（けんしゃ）、洗車（せんしゃ），等等。

③　數量多，其中有很多同音異字詞。以"こうせい"這個詞爲例，有：公正、校正、更正、更生、厚生、構成、攻勢、後世、後生，等等。也因爲同音異字多，容易寫錯。如：

專門／專問（×）　細君（さいくん）／妻君（×）　言語道断（ごんごどうだん）／言語同断（×）　購買（こうばい）／購売（×）　受話器（じゅわき）／受話機（×）　合図（あいず）／相図（×）　栽培（さいばい）／裁培（×）　勘違い（かんちがい）／感違い（×）　最高潮（さいこうちょう）／最高頂（×）　先入観（せんにゅうかん）／先入感（×）　単刀直入（たんとうちょくにゅう）／短刀直入（×）　……

④　有"音讀""訓讀"之別，給學習者增加困難。

⑤　因漢字是表意文字，故帶有特殊的藝術性和神祕性，這是中、日兩國盛行書法的基礎。

〔練習〕

一、劃掉並列的兩個詞裡的一個錯的。

①町の中の大きな $\dfrac{道}{道路}$　②自動車専用の $\dfrac{道}{道路}$

③たんぼの中の $\dfrac{道}{道路}$　④山の中のほそい $\dfrac{道}{道路}$

⑤山をひらいて舗装（ほそう）した $\dfrac{道}{道路}$

二、舉例說明下列詞的含義。

①応待／待応　②会社／社会　③解読／読解　④事

故／故事　⑤手先／先手　⑥飛行する／飛ぶ　⑦落

下する／落ちる　⑧救助する／助ける

第三節　外來語

1. 什麼叫做外來語（外来語（がいらいご））？

簡單地說，就是"日語裡，引自外國的一般用片假名書寫的詞語"。日語裡的漢語詞也是"外國引進"的，但日本人不把漢語詞當作外來語，而稱之爲借用詞（借用語（しゃくようご））。這是因爲漢字、漢語詞在漫長的歲月裡，已深入地融合在日語裡的緣故。因此，日語裡的外來語，是指江戶幕府末期、明治初期開始，與西方各國接觸過程中流入日本的、表示西方的新概念、新事物的詞語。

現代日語裡，外來語非常多，一般認可的有2～3萬個之多。根據《図説日本語》（初版）一書介紹，《例解国語辞典》（1956年版）和《角川国語辞典》（1969年版）收錄的外來語

條數，分別爲1.428條（占3.5％）和4.709條（占7.8％）。

這些外來語，根據日本國立國語研究所對一年的報紙所做的統計分析，例示一部分使用頻度高的如下：

　　ビル　テレビ　キロ　メートル　ニュース　カラー　ス
　　ポーツ　バス　ラジオ　ガス　ホテル　ドル　ゲスト
　　トン　プロ　メーカー　リクエスト　サービス　センター
　　ホール　デパート　センチ　ピアノ　ミュージック　ス
　　ター　バー　……

哪個領域裡的外來語最多？《コンサイス外来語辞典》（三省堂，第三版，1979年）收錄的外來語有23,500條，除去人名、地名、作品名、商標名、略語等外，剩下的約2萬條。其中，體育占4,500條，服裝、裝飾品和食品、烹調方面的外來語約占百分之七十。

2. 外來語的來源

　　根據日本國立國語研究所對九十種現代雜誌的調查，所得到的2,964條外來語的"語種"百分比，如下：

原　籍	詞　數	百分比
英　語	2,395	80.8
法　語	166	5.6
德　語	99	3.3
荷 蘭 語	40	1.3
西班牙語	21	0.7
葡 萄 語	21	0.7
義大利語	44	1.5
希 臘 語	2	0.1
拉 丁 語	15	0.5
俄　語	25	0.8
現代漢語	22	0.7
其　他	88	3.0
混 和 語	26	0.9
計	2,964	

〔葡萄牙語〕

パン　ビスケット　カステラ　テンプラ　ザボン　カボ
チャ　ボタン　チョッキ　トタン　カンテラ　フラスコ
ブランコ　ミイラ　オルガン　イギリス　イタリア　オ
ランダ　キリスト　ミサ ……

〔西班牙語〕

トマト　メリヤス　メリンス　カナリア　ゲリラ　タン
ゴ　マンボ　ポレロ　カスタネット　シェリー ……

〔荷蘭語〕

コーヒー　ビール　ドロップ　コック　ガス　コップ
ズック　インキ　ガラス　ゴム　ペンキ　アスファルト

スコップ　セメント　ポンプ　ランドセル　キルク（＝
コルク）　オルゴール　メス　カンフル　オブラート
アルコール　コレラ　ペスト　キニーネ　アルカリ
デッキ　タラップ　マスト　ドック　アンモニア　アメ
リカ　ヨット　ブリキ　ピストル　……

〔法語〕

レストラン　ビフテキ　オムレツ　マヨネーズ　コンソ
メ　ポタージュ　メニュー　ソース　シャンパン　ベ
レー　ズボン　パンタロン　アトリエ　クレヨン　デッ
サン　バレー　モチーフ　コンクール　アンコール
シャンソン　アベック　アンケート　エスプリ　カムフ
ラージュ　キャバレー　ギロチン　クーデター　グロテ
スク　コミュニケ　サボタージュ　サロン　デビュー
ニュアンス　ピーマン　ベテラン　メトロ　……

〔徳語〕

カルテ　ガーゼ　カプセル　カリエス　ノイローゼ　ヒ
ステリー　レントゲン　サナトリゥム　ヨーグルト　ゲ
ル　アルバイト　ゼミナール　エネルギー　イデオロ
ギー　デマ（ゴーグ）　ボンベ　ナフタリン　ルン
ペン……

〔義太利語〕

オペラ　ソプラノ　テノール　アルト　ソロ　クラリ
ネット　チェロ　ピッコロ　ソナタ　トリオ　フィナー

レ　マカロニ　スパゲッティ　シナリオ　……

〔俄語〕

インテリ　ツンドラ　カンパ　ノルマ　トロイカ　ウ
オッカ　イクラ　コンバイン　コンビナート　コルホー
ズ　ルーブル　マンモス　トーチカ　ダモイ　ハラ
ショー　……

〔阿拉伯語〕

アラー・アッラー　コーラン　イスラム　メッカ　モス
ク　レモン　オレンジ　アスパラガス　……

〔希臘語・拉丁語〕

オアシス　デルタ　アトム　アルファ　アルファベット
アイデア　ジレンマ　データ　ネオ　プラタナス　バク
テリア　オーロラ　アリバイ　……

〔現代漢語〕

シューマイ　ラーメン　ワンタン　マージャン　パイ
メンツ　メーファツ　イッペントウ　ニーハォー　……

〔英語〕

アイドル　アドバイス　アンバランス　イミテーション
イラスト　インスタント　エキスパート　ガイダンス
カリキュラム　ギフト　キャンセル　ゲスト　コンディ
ション　サンプル　スタッフ　セミナー　チャーター
チャンピオン　ツーリスト　デジタル　ノンフィク
ション　パーサー　パスポート　パターン　パニック

フィバー　プラント　ブレーン　レシート　レセプ
ション　レパートリー　……

〔日本造外來語〕
　　日本造外來語（和製外来語）是借用外語的要素搭配而成。
這些日本造外來語與原文都有出入，因此，外國人是聽不懂的。
例如：

日本造外來語	英　　語	漢　　語
・アイスキャンデイ 　(ice + candy)	ice lolly	冰　棒
・オートバイ (auto + bicycle)	motor bike	摩托車
・OL（オフィスレデイー） (office + lady)	office girl	女職員
・ガードマン (guard + man)	guard, watchman	警衛員
・ガンリンスタンド (gasoline + stand)	gas station	加油站
・ゲーム　セット (game + set)	game and set game over	比賽結束
・ゴーストップ (go + stop)	traffic signal	紅綠燈
・ゴールイン (goal in)	make a goal	終點，決勝點
・シーズンオフ (season + off)	off season	淡　季
・ダンプカー (dump + car)	dump lorry dump truck	自動卸貨卡車
・テーブルスピーチ (table + speach)	after dinner speach	即席演說
・デコレーションケーキ (decoration + cake)	fancy cake	大型蛋糕

日本造外來語	英　語	漢　語
・テレビタレント (television + talent)	television personality	電視節目主持人
・パトロールカー (patrol + car)	Police car	警　車
・バックミラー (back + mirror)	rearview mirror	後 視 鏡
・バトンタッチ (baton + touch)	baton passing	接 力 棒
・ペンフレンド (pen + friend)	penpal	筆　　友
・ボールペン (ball + pen)	ball point pen	原 子 筆
・マイクロバス (micro + bus)	minibus	麵 包 車
・レインシューズ (rain + shoes)	rubber shoes	雨　　鞋
・ワンサイドゲーム (one + side + game)	one side game	某隊自始至終 佔優勢的比賽
・レデイファースト (lady + first)	ladies first	婦女優先 婦女第一

3. 外來語的書寫

外來語的書寫，有如下規則。

⑴　原則上以片假名書寫。

⑵　已固定下來的，按照習慣寫法。

⑶　撥音寫成 “ン”。

⑷　拗音、促音以小字 “ャ、ュ、ョ” 或 “ッ” 寫在下角。

⑸　長音寫成 “ー” 符號。双元音 “エイ”、“オウ” 作長音看待。

　　例：ボール (ball)　ショー (show)　メーデー (May Day)

例外：エイト (eight)　ペイント (Paint)（＝ペンキ）

⑹　"イ" 音、"エ" 音下面的 "ア" 音，不寫成 "ヤ"，應寫成 "ア"。

例：ピアノ (Piano)　ヘアピン (hairpin)

例外：ダイヤ（モンド）(diamond)　ベニヤ (veneer)　ワイヤ (wire)

⑺　詞末的 "－um" 要寫成 "ウム"，特別是元素音。

例：アルミニウム (aluminium)　ラジウム (radium)　ゲルマニウム (Germanium)　……

例外：アルバム (album)　スタジアム (stadium)

⑻　以假名書寫原音時，要盡量按日本現代標準音書寫。

△ "トゥ、ドゥ" 要寫成 "ト、ド"。

例：ゼントルマン／ジェントルマン (gentleman)　ドライブ (drive)

例外：ツーピース (two Piece)　ズック (doek)

△ "f、v" 音，以 "ハ、バ" 行音書寫。

例：プラットホーム (Platform)　バイオリン (Violin)　ビタミン (Vitamin)　ベランダ (Veranda)　ホルマリン (formalin)

留有原因（意識）的寫法：ヴェール (Veil)（＝ベール）フェミニスト (feminist)　フェンシング (fencing)　フェアプレー (fair play)　ニューフェース (new face)　ファインプレー (fine　play)　ファッション (fashion)

ファースト (first)　フィート (feet)　フィールド (field)

フィンランド (Finland)　シンフォニー (symphoney)

ユニフォーム (uniform)　フォクダンス (folk dance)

△ "ティ、ディ" 應寫成 "チ、ジ"。

例：チーム (team)　ラジオ (radio)　ジレンマ (dilenma)

留有原音（意識）的寫法：ティー (tea)　パーティ (Party)

　　　ピーティエー (PTA)　バッティング (batting)　ビル

ディング (building)　インディアン (Indian)　カーディ

ガン (cardigan)

△ "シェ、ジェ" 應寫成 "セ、ゼ"。

例："セパード" (shepherd)　ミルクセーキ (milk shake)

　　　ゼリー (jelly)　ゼスチュア (gesture)

　（注）留有原音（意識）的寫法：シェパード（＝セパー

ド）　ジェリー（＝ゼリー）　ジェスチュア（＝ゼスチュア）

ジェット　エンジン (jet caaster)　シェークスピア (Shakespeare)

△ "ウィ、ウェ、ウォ" 應寫成 "ウイ、ウエ、ウオ"。

例：ウイスキー (whisky)　ウエーブ (wave)　ストップウ

　　　オッチ (stopwatch)

習慣寫法：サンドイッチ (sandwich)　スイッチ (switch)

△ "クァ、クィ、クェ、クォ" 應寫成 "カ、クイ、クエ、

コ"。

例：クイズ (quij)　イコール (equal)　スクエア (square)　レ

　　　モン　スカッシュ (lemon squash)

留有原音（意思）的寫法：クォータリー(quarterly)

4. 外來語的發音

有的日語外來語還留有日語裡沒有的原音（發音）。上述
"外來語的寫法"的"留有原音（意識）的寫法"裡的例子便
是。現簡單歸納於如下：

〔ティ〕　ティー　パーティー　スケーティング

〔ディ〕　ビルディング　インディアン　ダンディー

〔シェ〕　シェクハンド　シェカー　シェークスピア

〔ジェ〕　ジェリー　ジェット　ジェネレーション

〔チェ〕　チェック(check)　チェンジ(change)　チェーン
　　　　　(chain)　チェロ(Violon cello)（＝セロ）　チェ
　　　　　ス(chese)

〔ファ〕　ファインプレー　ファッション　ソファー

〔フィ〕　フィート　フィンランド　フィルム（＝フイル
　　　　　ム）　サーフィン　スフィンクス

〔フェ〕　フェース(face)　フェリーボート(ferry boat)
　　　　　フェルト(fellt)　カフェイン

〔フォ〕　フォーカス(focus)　フォーク(fork)　フォルマ
　　　　　リン（＝ホルマリン）　フォード

〔ヴェ〕　ヴェール（＝ベール）

〔ヴァ〕　ヴァイオリン（＝バイオリン）

〔ヴィ〕　ヴィーナス(Venus)（＝ビーナス）

〔ヴォ〕　ヴォリューム（＝ボリューム）

日語外來語的發音，原則上根據日語音韻結構，把外語原音改成日語音來發音。就是說，把外語的音、音節同化成日語的音、音節來發音。但正如上面所列舉的，難免有些留有原音（意識）的發音。

日本隨著外語教學的普及及其所取得的成果，出現了一種要盡量照原音發音的嘗試，盡管這種努力不一定能完全達到的。

試比較日本式發音和留有原音的發音：

日本式發音	留有原音的（發音）
フアン (fan)	ファン
フイルム (film)	フィルム
フエルト (felt)	フェルト
プラットホーム (platform)	プラットホーム
バイオリン (Violin)	ヴァイオリン
ビーナス (Venus)	ヴィーナス
ウイスキー (Whisky)	ウィスキー
ウエーディングケーキ (Wedding cake)	ウェーディングケーキ

5. 外來語的含義

一個國家的語言被吸收到另一個國家的過程中，往往會或多或少地在詞形、含義、用法上與原語有所出入。如：

〔詞形的出入〕

batters's box（英）（複數形）／擊球區

バッターボックス（日）（原音為：バツターズボックス）

off limit's（英）（複數形）／嚴禁進入
オフリミット（日）（原音爲：オフリミッツ）

Women's lib（英）（複數形）／婦女運動
ウーマンリブ（日）（原音爲：ウィメンズリブ）

curried rice（英）（過去式）／咖喱飯
カレーライス（日）（原音爲：カリッドライス）

ham and eggs（英）／火腿雞蛋
ハムエッグ（日）（原語的and被省略）

television（英）
テレビ（日）（後半音被省略）

building（英）
ビル（日）（後半音被省略）

department store（英）
デパート（日）（後半音被省略）

hunger strike（英）／絕食抗議
ハンスト（日）（後半音被省略）

〔含義的出入〕

rice（英）／米、米飯、稻子
ライス（日）／米飯

plastics（英）／乙烯基，塑膠
プラスチック（日）／塑膠

card（英）／卡片，紙牌，手段，明信片
カード（日）／卡片

－179－

trump（英）／王牌
トランプ（日）／撲克，紙牌

iron（英）／鐵
アイロン（日）／電熨斗

health center（英）／保健所
ヘルスセンター（日）／娛樂中心、休養中心

cunning（英）／狡滑的
カンニング（日）／（考試）作弊

crayon（法）／鉛筆
クレオン（日）／蠟筆

Arbeit（德）／工作，勞動
アルバイト（日）／（勤工儉學）打工

Gewalt（德）／（社會一般的）暴力
ゲバルト（日）／（學生鬧學潮時，使用的）暴力

boss（英）／頭目，總經理，上司，管理人員
ボス（日）／頭目

smart（英）／嚴厲的，利落的，時髦，身材優美，苗條
スマート（日）／時髦，優美，苗條

〔用法上有出入的〕

　△日語外來語大部分是名詞。但其中也有原語雖不是名詞而日語作名詞用的。如：

　　スペルをまちがえた／拼音寫錯了（原語 " spell " 是動詞）。

ヘビーをかける／全力衝刺；拼搏（原語"heavy"是形容詞）。

也有作動詞、形容動詞的。如：

• 原語動詞＋する

リードする　カットする　ノックする　ショートする
パスする　ショッピングする　……

• 名詞＋る

サボる　アジる　デモる　ダブル(double)→ダブる（把
"ル"改爲"る"做動詞）

• 形容詞＋だ

デリケートだ(←delicate)　モダンだ(←modern)　ス
マートだ(←smart)　センチメンタルだ(←sentimental)
グロテスクだ(←grotesque)．

第四節　"語種"混合詞

日語裡，由不同"語種"混合而成的單詞，叫做<u>語種混合詞</u>
（混種語）。就是說，這種單詞是由和語詞、漢語詞和外來語相
互搭配而成的。語種混合詞有如下四種搭配法。

△和語詞＋漢語詞・漢語詞＋和語詞

ごみ戦争　ぶた肉　焼肉べんとう　右側通行　見張り役
表玄関　支払い額　消息筋　会社勤め　無届け暑
中見舞い　物知り博士　労働組合　洗たく物　運動す
る　……

△漢語詞＋外來語・外來語＋漢語詞

　　逆コース　餡パン　観光バス　原子エネルギー　ツン
ドラ地帯　テレビ放送　オペラ歌手　フランス料理
ガス中毒　……

△和語詞＋外來語・外來語＋和語詞

　　生ビール　消しゴム　駅ビル　乙女チック　マッチ箱
コスト高　ステンレス鍋　アイロン掛け　バタくさい
ボール投げ　インテリぶる　ピンぼけ　カットする……

△「和語詞・漢語詞・外來語」搭配而成的

　　駅前ホテル　消しゴムつき鉛筆　パン食い競争　えび
テンプラ定食　逆ドミノ理論　ヘボン式ローマ字

第九章　構詞法

　　單詞是怎樣構詞的呢？弄清這個問題，對瞭解詞語的性格很重要。

第一節　單純詞

　　"目^め"、"手^て"、"鼻^{はな}"、"山^{やま}"、"川^{かわ}"、"ゆっくり"、"まさか"等叫做<u>單純詞</u>（単^{たん}純^{じゅん}語^ご）的詞，都是由一個要素構成的。所謂一個要素，指的是，由一個或多個音節組成，構成一個要素、一個意義的語言單位。如"山（やま）"這個詞是由"や"和"ま"兩個音節組成一個要素、一個意義的。因此，如果把"や"和"ま"分開，就不能構成一個要素來表示"山"這個意義了。"ゆっくり"和"まさか"都是由三個音節組成，但仍然是一個要素、一個意義，把假名分開了就失去了"慢慢"、"莫非"的含義。"目"和"手"更是如此，因爲它們本來就是一個音節、一個要素。因此，可以說詞是語言單位，要素是構成詞的成分，是最小的有意義的語言單位。要素可以是一個或多個音節，即由一個或多個字構成。下面都是由一個要素組成的單詞。

人^{ひと}　国^{くに}　木^き　田^た　花^{はな}　牛^{うし}　犬^{いぬ}　水^{みず}　バス　タオル　つつじ
光^{ひか}る　さびしい　近^{ちか}い　もう　はい　……

下面所舉的一些單詞，從語源上看，均由兩個或由兩個以上的要素組成，但一般被看作單純詞，與第二節所講的複合詞不同。

まぶた（←目＋ふた）　さかずき（←さけ＋つき）　必ず（←仮り＋なら＋ず）　たちまち（←立ち待ち）　たそがれ（←誰＋そ＋彼）　くわだて（←鍬＋立て）　いわゆる（←言は＋ゆる）　ありがたい（←有り＋難い）……

パーセント(←per＋cent)　ピンポン(←ping＋pong)　ワイシャツ(←white＋shirt)　オーライ(←all＋right)……

　　又如"国家"、"経済"、"発達"、"普通"、"教育"、"砂糖"等由兩個字構成的一般漢語詞，以及"時計"、"手帳"、"台所"、"会社"、"残念"、"手管"、"口金"等和語詞，也應看作單純詞。因為從含義上看，把兩個字分開了，就不能表達該詞的意義。這與複合詞（如"秋風"）是顯然不同的。

　　從結構方面看，日語單詞可分為單純詞和合成詞，而合成詞包括複合詞和派生詞。

單詞
├─ 單純詞：秋、風、道 …
└─ 合成詞
　　├─ 複合詞：秋風　落ち葉　値上がり …
　　└─ 派生詞：本屋　小道　合理化 …

第二節　複合詞

1. 什麼是複合詞

　　複合詞（複合語）是由兩個或兩個以上的要素（即構詞的成分）結合而成的單詞。因為它是由兩個要素構成，故叫做複合詞。所謂兩個要素，指的是，由兩個要素構成一個單詞，其中每個要素都表示一些意義，合起來表示一個整體意義，如"谷"＋"川"→"谷川"、"歩く"＋"まわる"→"歩きまわる"等。

　　下列各詞均為複合詞：

朝晩　紙くず　虫めがね　のみぐすり　押花　消しゴム
また貸し　ま人間　うす赤い　うるさ型　がら空き　しんぼうづよい　飛び上がる　やりなおす　マスコミ　ホームドラマ　ネオンサイン　テレビ局　……

〔練習〕

　　請用下列單詞造複合詞。

①はな　ふくろ　水　かみ　テープ　手
②あそぶ　とぶ　あるく　まわる　はねる

2. 複合詞的構造

　　單詞通過組合，能變成表示更複雜內容的複合詞。構成這些複合詞的關係，有以下幾種。

⑴　重復同一成分，表示種種含義。這一類詞，叫做疊詞（ 畳語 ）。

△人々　国々　山々　年々歳々　家々　日々　月々　晴れ晴れ　……（表示有好些）

△寒々（とした部屋）　のちのち（のためにも　……）　五分五分（だ）　先々（のこと）　こわごわ（とのぞく）　悠々閑々　やれやれ（　……）　ひとつひとつ（調べる）　再々（注意を受ける）　……（表示強意）

△泣き泣き（訴える）　（本を）読み読み（歩く）　（手を）ふりふり（去っていく）　（山道を）あえぎあえぎ（登る）　……（表示近於 "ながら" 之意）

△生き生き（とした話し方）　冷え冷えとした（夜）　……（表示 "いかにも……とした" 之意）

⑵　並列反義詞，表示對等關係。

古今　東西　山河　夫妻　男女　利害　公私　左右　始末　天地　上下　縦横　隣近所　喜怒哀楽　しろくろ　兄弟姉妹　……（表示 "……と△△" 之意）

のみぐい　読み書き　行き来　往復　晴雨　売買　浮き沈み　半信半疑　右往左往　……（表示 "…たり…たり" 之意）

⑶　重復同義詞或近義詞，表示同一概念。

樹木　山岳　通行　意志　戦争　道理　拒絶　死亡　知識　記憶　祝賀　喜悦　歓楽　悲哀

奇怪（きかい）　広大（こうだい）　完全無欠（かんぜんむけつ）　公明正大（こうめいせいだい）　自給自足（じきゅうじそく）　感謝（かんしゃ）
感激（かんげき）　三三五五（さんさんごご）　三拝九拝（さんぱいきゅうはい）　美辞麗句（びじれいく）　自暴自棄（じぼうじき）　……
（強調）

(4)　前詞修飾後詞，表示修飾關係。

夏風（なつかぜ）（＝夏の風）　純毛服地（じゅんもうふくじ）（＝純毛の服地）　青葉（あおば）
（＝青い葉）　赤（あか）ワイン（＝赤いワイン）　始発列車（しはつれっしゃ）（＝
始発する列車）　あきびん（＝あいているびん）　吹（ふ）き倒（たお）
す（＝吹いて倒す）

(5)　表示前詞爲後詞的補充關係。

△朝湯（あさゆ）　昼寝（ひるね）　川遊（かわあそ）び　工場渡（こうじょうわた）し　……（以時間或場所
結合的）

△映画見物（えいがけんぶつ）　結婚申（けっこんもう）し込（こ）み　パン焼（や）き　草刈（くさか）り　……（以
賓格助詞 "を" 結合的）

△親孝行（おやこうこう）　法律違反（ほうりついはん）　コンクール入選（にゅうせん）　……（以格助詞
"に" 結合的）

△写真判定（しゃしんはんてい）　機械編（きかいあ）み　油（あぶら）いため　……（以格助詞
"で" 結合的）

(6)　前詞爲後詞的主體，表示主謂關係。

消息不明（しょうそくふめい）　前途洋洋（ぜんとようよう）　お先（さき）まっ暗（くら）　色（いろ）とりどり　夫婦共（ふうふとも）
働（はたら）き　雨降（あめふ）り　土砂（どしゃ）くずれ　意気消沈（いきしょうちん）　……

(7)　用漢字來表示日本造漢語的。

大事（だいじ）　火事（かじ）　大根（だいこん）　返事（へんじ）　出張（しゅっちょう）　見物（けんぶつ）　出来（でき）　物騒（ぶっそう）
入口（いりぐち）　手続（てつづ）き　時效（じこう）　引（ひ）き渡（わた）し　……

－187－

以上是從含義關係的觀點來分類的。

〔練習〕

在框內塡上反義詞。

①うえ□□にしないこと。　②まえ□□□　③□□くろ映
画　④おや□連れ　⑤□□かき、そろばん　⑥会社の□□
かえり　⑦□□死にの問題　⑧浮き□□が激しい　⑨前後
□□　⑩□□南北　⑪終□一貫　⑫うら□□□

3.　複合詞的詞類

根據詞類來分析複合詞，也是常見的方法。主要有以下幾
種：

(1)　複合名詞

△名詞＋名詞

山川　歯ブラシ　子供服　手足　ラジオ放送　大工道具
洋服だんす　ガス中毒　事故死　有料道路　恵比寿顔
鳥肌 ……

△動詞（連用形）＋名詞

ねむりぐすり　やきめし　働きばち　出口　帰り道
晴れ間　落ち葉　つり橋　乗り物　考えごと　曲り角
食べごろ　しかめっ面 ……

△形容詞詞幹・形容動詞詞幹＋名詞

・白ざとう　黒ビール　長っちり　近道　さむ空　長ぐつ

うす味　丸顔　うれし涙　悪知恵　……

• 正直者　わがままむすめ　やっかい者　貧乏人　丁寧
語　モダンアート　特殊事情　……

△副詞＋名詞

だらだら坂　にこにこ顔　ほかほか弁当　でこぼこ道
みんみんぜみ　ガラガラ蛇　ばらばら事件　ぎっくり腰
ちんちん電車　……

△名詞＋居體言（即動詞名詞法）

山登り　値上がり　夏やせ　食あたり　稲刈り　栓抜
き　秋晴れ　靴みがき　雨降り　日照り　……

△副詞＋居體言

• がら空き（のバス）　くすくす笑い（をする）　ちょっ
と見　ザアザア降り　びしょぬれ　ごちゃまぜ　ぎゅう
ぎゅうづめ　グルグル卷き　堂々めぐり　……

• 厚切り　長続き　早変り　おそ咲き　黒光り　遠回り
早起き　……

△動詞（連用形）＋居體言

寝冷え　着太り　試し着　立ち見　切り売り　焼け太り
食べ歩き　伸び縮み　行き来　乗り降り　貸し切り　取
り外し　もらい泣き　……

△名詞＋形容詞詞幹

腹痛　品薄　気短か　色白　円安　円高　身重　欲深
気軽　生臭　足軽　胴長　……

〔練習〕

利用下列名詞組成複合名詞。

むぎ　親　村　子　バス　ねずみ　会社　人　いも　はた
け　めし　旅行　茶

(2)　複合動詞

△名詞＋動詞

波立つ　泡立つ　手放す　夢見る　手渡す　手間取る

活気づく　習慣づける　研究する　応用する　……

△動詞（連用形）＋動詞

縮み上がる　恐れ入る　ほめちぎる　困りぬく　……

（強意）

燃え広がる　立ち上がる　話し合う　思い当る　ふるえ

上がる　……（表示動作的方向）

飛び立つ　燃えつづく　思い立つ　書き損じる　泣き込

む　……（表示動作，思維怎様發生）

△（形容詞性）副詞＋動詞

近く＋よる→近よる　遠く＋のく→遠のく　長く＋引く

→長引く　……（由"形容詞詞幹＋動詞"組成）

△副詞＋動詞

きらきらする　はっきりする　にこにこする　ごたごた

する　ふわふわする　すっきりする　……

(3)複合形容詞、複合形容動詞

△名詞＋形容詞或形容動詞

名高い　幅広い　耳新しい　興味深い　末恐ろしい

人なつこい　間近い　何気ない　……

ものずきだ　話しずきだ　話しべただ　身ぎれいだ　身

軽だ　足まめだ　気軽だ　意地悪だ　……

色＋白い→色白だ　手＋早い→手ばやだ　口＋下手→口

下手だ　気＋重い→気重だ　手＋薄い→手薄だ　……

△動詞（連用形）＋形容詞

読みやすい　聞きにくい　捨てがたい　辛抱づよい　蒸

し暑い　ねばりづよい　……（後詞近於接尾詞）

△（形容詞性）副詞＋形容詞

ずるく＋賢い→ずる賢い　うすぐらい　青白い　細長

い　古くさい　せまくるしい　暑くるしい　甘酸っぱ

い……（由"形容詞詞幹＋形容詞組成"）

△名詞或形容詞性詞幹的重複＋しい

ものものしい　華々しい　ばかばかしい　はかばかしい

毒々しい　よそよそしい　ふてぶてしい　ずうずうしい

わかわかしい　よわよわしい　かるがるしい　……

〔練習〕

一、用下列單詞組成複合形容詞。

えんりょ　ねる　のむ　ふかい　にくい　やすい

二、分析下列單詞。

　　うらさびしい　うらおもて（のない人）　おくりむかえ

　　かけだす　そなえつけ品　勤め人　つりあげる　手厚い

　　（看護をする）　見にくい　よわよわしい（声）

(4)　複合副詞

　　時々　所々　日々　夜な夜な　すみずみ　……（重復
　　名詞）

　　泣く泣く　見る見る（うちに）　あえぎあえぎ　思い思
　　い（に）　散り散り（に）　……（重復動詞）

　　早早（と）　青青（とした）　うすうす（知っている）
　　あかあかと（点く）　……（重復形容詞詞幹）

　　またまた　まずまず　ただただ　そよそよ　がたがた

　　がみがみ　つべこべ　ふらふら　……（重復副詞）

日語複合詞也可以和外來語複合。如：

● あんパン　逆コース　生ビール　消しゴム
● ペン先　マッチ箱　アルカリ性　テーブル掛け
● モダンアート　ガスストーブ　ボールペン　テーブルク
　ロース　フルスピード　リモートコントロール

4.　複合詞的詞類和含義

　　(1)　由兩個單純詞搭配成複合詞後，有的詞類要變。這主要
是由於複合的後一個用言名詞化引起的。

△名詞＋居體言（動詞名詞法）→名詞

腰＋掛ける→腰掛け　雪＋投げる→雪投げ　舟＋遊ぶ→舟遊び　雨＋降る→雨降り　昼＋寝る→昼寝　古＋着る→古着　値＋上がる→値上がり　……

△動詞（連用形）＋居體言→名詞

行く＋来る→行き来　寝る＋起きる→寝起き　書く＋まちがう→書きまちがい　書く＋取る→書き取り　食う＋逃げる→食い逃げ　乗る＋逃げる→乗り逃げ　……

△副詞＋居體言→名詞

早く＋起きる→早起き　早く＋変る→早変り　長く＋生きる→長生き　にがく＋笑う→にが笑い　よちよち＋歩く→よちよち歩き　くすくす＋笑う→くすくす笑い　ちょっと＋見る→ちょっと見　ざあざあ＋降る→ざあざあ降り　堂々（と）＋めぐる→堂々めぐり　……

△形容詞、形容動詞詞幹＋居體言→名詞

悪い＋遊ぶ→わる遊び　むちゃ（だ）＋食う→むちゃ食い　ばか（だ）＋受ける→ばか受け　ばか（だ）＋さわぐ→ばかさわぎ　……

△名詞＋形容詞、形容動詞詞幹→名詞

腹＋黒い→腹黒　真＋四角い→真四角　色＋白い→色白　間＋近い→間近　意地＋悪い→意地悪　物価＋高い→物価高　物＋すきだ→物ずき　栄養＋豊富だ→栄養豊富　……

△動詞（連用形）＋形容詞、形容動詞詞幹→名詞

待つ＋遠い→待ちどう（如：お待ちどうさま）　話す＋
へた（だ）→話しべた　……

△形容詞、形容動詞詞幹＋形容詞、形容動詞詞幹→名詞

遠い＋浅い→遠あさ　うすい＋ばかだ→うすばか　すき
だ＋きらいだ→すききらい　……

（注）詞類不變的也有。如：

ばかだ＋ていねいだ→ばかていねいだ　ばかだ＋正直
だ→ばか正直だ　……

(2)　動詞轉變爲名詞時，含義也跟著起變化。

△表示做某事（＝～をすること）。

種まき　昼寝　薄着　早起　花見　映画見物　……

△表示主體（＝～すること・～した）。

仕事疲れ　薬物中毒　バターいため　値上がり（がひ
どい）　日照り（がつづく）　……

△表示被～的對象（＝～される・～された対象）。

下じき（になる）　塩づけ（にする）　ちらし（として
印刷する）　……

△表示"～的人"（＝する・～した人）。

見習い　兵隊上がり　ほらふき　のんだくれ　ふなのり
絵かき　物知り　物売り　ぐうたら　……

△表示工具（＝～するための道具）。

缶切り　ちり取り　大根おろし　物差し　物干し　ねじ

まわし（＝ドライバー）　腰掛け_{こしか}　茶入れ_{ちゃい} ……

△表示"〜的場所"（＝〜する・〜したところ）。

大通り_{おおどお}　ながし　物置_{ものおき}　渡し_{わた}　ごみため　足だまり_{あし} ……

〔練習〕

把下列動詞改成名詞後，講出該名詞的含義。

あそぶ　くぼむ　たたかう　でしゃばる　思いつく　後れ
る　踊る

(3)　下列各組的含義是不同的。

| くつばこ | くつした | ふる本_{ほん} |
| くつのはこ | くつのした | ふるい本 |

| やき鳥_{とり} | かる石_{いし} |
| やいた鳥 | かるい石 |

(4)　帶有比喩的複合詞

有的複合詞是帶有比喩的。

あぶら汗_{あせ}　親指_{おやゆび}　かみなり親父_{おやじ}　ぬれねずみ　人波_{ひとなみ}　火花_{ひばな}
犬死に_{いぬじ}　かけあし旅行_{りょこう}　桜吹雪_{さくらふぶき} ……

5. 複合詞的"連濁"、"轉音"和"連聲"

(1)　"連濁"

兩個單詞構成複合詞時，後一個詞的頭一個音有時會變成濁
音。這種現象叫做連濁_{れんだく}（連濁）。

小＋人→こびと_{ひと}　小＋骨→こぼね_{ほね}　大＋空→おおぞら_{おお そら}　猫_{ねこ}

＋舌→ねこじた　水＋鉄砲→みずでっぽう　錆＋止め→さびどめ　焚く＋火→たきび　……

那麼什麼樣的情況下會引起"連濁"呢？這是較難說清楚的。但可以講出一些傾向。

①　複合詞前面一個詞的最後一個音，如果是"マミムメモ、ナニヌネノ、ガギグゲゴ"等鼻音，就容易引起"連濁"。

甘＋酒→あまざけ　山＋鳩→やまばと　山＋寺→やまでら　見＋所→みどころ　紙＋袋→かみぶくろ　寒＋空→さむぞら　目＋薬→めぐすり　女＋神→めがみ　鼻＋血→はなぢ　国＋国→くにぐに　谷＋川→たにがわ　谷＋底→たにぞこ　犬＋そり→犬ぞり　犬＋死に→いぬじに　犬＋食い→いぬぐい　長＋靴→ながぐつ　麦＋畑→むぎばたけ　屋根＋かわら→やねがわら　身＋勝手→みがって　……

②　主從關係的複合詞，也容易引起"連濁"。

茶の畑→茶ばたけ　綿の菓子→わたがし　水のかめ→みずがめ　旅の人→たびびと　茶のつつ→ちゃづつ　腕の（＝につける）時計→うでどけい　横の（＝にして吹く）笛→よこぶえ　歯の（ある）車→はぐるま　……

（注1）前面出現的一些複合詞的"連濁"也可以從這個角度來看。如：ねこじた、あまざけ、やまばと、やまでら、さむぞら、めぐすり、めがみ、はなぢ、たにがわ、たにぞこ、ながぐつ、いぬぞり、むぎばたけ，等等。

（注2）"ち"和"つ"發生"連濁"時，寫成"ぢ"和"づ"，如：はな＋ち→はなぢ　竹（たけ）＋つつ→竹づつ。

③　"用言＋用言→用言"的複合詞，不會引起"連濁"。

やせる＋ほそる→やせほそる　すきだ＋勝手（かって）だ→すきかって（なことを言う）

（注）身（み）＋勝手（かって）だ→みがってだ　分（わ）かつ＋書（か）く→わかちかく→わかちがきにする　……

④　由對等（＝並列）關係組成的複合詞，一般不會引起"連濁"。

月（つき）と日（ひ）→つきひ　田（た）と畑（はた）→たはた（作爲姓名的"田畑"念成"たばた"）　山（やま）と河（かわ）→さんか・さんが

⑤　如果後一個詞的第二個音是"濁音"，就不會引起"連濁"。

大（おお）＋風（かぜ）→おおかぜ　小＋首（くび）→こくび
木（き）＋札（ふだ）→きふだ　青（あお）＋カビ→青カビ　赤（あか）＋カブ
→赤カブ／赤（あか）＋柿（かき）→あかがき　青（あお）＋桐（きり）→あおぎり

⑥　擬聲詞、擬態詞一般也不會引起"連濁"。

⑦　量詞的"連濁"問題連傾向也弄不清。如：

一階（いっかい）―何階（なんがい）　三階（さんがい）　……（連濁）

一回（いっかい）―何回（なんかい）　……（不連濁）

〔練習〕

回答下列詞搭配成的複合詞的發音。

奥（おく）＋歯（は）→　朝（あさ）＋霧（きり）→

つり＋鐘（かね）→　猿（さる）＋知恵（ちえ）→

海（うみ）＋つり→　長（なが）＋ズボン→

ビール＋びん→　村（むら）＋人（ひと）→

ばね＋仕掛（しか）け→　花（はな）＋園（その）→

共（とも）＋食（く）い→　共＋倒（たお）れ→

友（とも）＋達（たち）→　立（た）つ＋寄（よ）る→

消（け）す＋止（と）める→　かがり＋火（ひ）→

折（おり）＋紙（かみ）→　通（とお）る＋掛（か）かる→

通（とお）る＋掛（か）かり→　雪（ゆき）＋解（と）け→

⑧　複合詞的後一個詞的頭一個音，如果是"ハ行"字母，那就可能變成"パ行"字母。這時會引起"促音"。

菜（な）＋葉（は）→なっぱ　出（で）＋歯（は）→でっぱ　枯（か）れる＋葉（は）→かれっぱ　鼻（はな）＋端（はし）→はなっぱし　片（かた）＋端（はし）→かたっぱし　空（すき）＋腹（はら）→すきっぱら　出（で）る＋張（は）る→でっぱる　明（あ）ける＋放（はな）す→あけっぱなす　腕（うで）＋節（ふし）→うでっぷし　川（かわ）＋ふち→かわっぷち　最後（さいご）＋へ→さいごっぺ ……

－198－

(2) 轉音

兩個單詞搭配成複合詞後，前一個詞的末音有時候會變成另一個音。這叫轉音（転音）。

① エ段音→ア段音

酒（さけ）＋屋（や）→さかや　酒＋たる→さかだる
雨（あめ）＋雲（くも）→あまぐも　雨＋戸（と）→あまど　風（かぜ）＋車（くるま）→かざぐるま　風＋除（よ）け→かざよけ　金（かね）＋物（もの）→かなもの　船（ふね）＋乗（の）り→ふなのり　船＋歌（うた）→ふなうた　苗（なえ）＋代（しろ）→なわしろ　爪（つめ）＋弾（ひ）く→つまびく　……

② イ段音→オ段音

木（き）＋蔭（かげ）→こかげ　木＋梢（すえ）→こずえ　木＋隠（かく）れ→こがくれ　火（ひ）＋影（かげ）→ほかげ　……

③ オ段音→ア段音

白（しろ）＋雲（くも）→しらくも　白＋壁（かべ）→しらかべ　白＋波（なみ）→しらなみ　白＋帆（ほ）→しらほ　……

(3) "連聲"

古代日語的複合詞，如果在前一個詞的末音"ん"後面是

— 199 —

"ア行"音或"ワ行"音，就要變成"ナ行"音。這叫連聲
(連声)。現代日語裡沒有這種現象。

観音（かんおん）→かんのん　安隠（あんおん）→あん
のん　因縁（いんえん）→いんねん　……（"ア行"音→
"ナ行"音）

天皇（てんわう）→てんのう　……（"ワ行"音→"ナ
行"音）

三位（さんい）→さんみ　……（傳統唸法）

〔練習〕

一、用下列各組單詞搭配成複合詞。

①読む　書く　誤る　取る

②つづける　たつ　のる　おくれる　だす　つむ

③黒い　赤い　白い　青い

④旅行　外国　研究　団体

二、請注上"假名"。

① [読み書き（　　　　　）
    なぐり書き（　　　　　）]　　② [苗木（　　　　　）
                                      並木（　　　　　）]

③ [白樺（　　　　）
    白蟻（　　　　）]　　④ [まっ白な（　　　　）
                              青白い（　　　　）]

⑤ [酒のみ（　　　）
    酒屋（　　　）]　　⑥ [草花（　　　　）
                            枯れ草（　　　　）
                            道草（　　　　）]

$$\text{⑦}\begin{cases}\text{雨降り（　　　　　）}\\\text{どしゃ降り（　　　　　）}\\\text{雨宿り（　　　　　）}\end{cases}\qquad\text{⑧}\begin{cases}\text{渡り鳥（　　　　　）}\\\text{水　鳥（　　　　　）}\\\text{焼き鳥（　　　　　）}\end{cases}$$

三、用下列詞的音，舉出兩個"転音"詞。

①船（ふね）→

②雨（あめ）→

③風（かぜ）→

④白（しろ）→

⑤爪（つめ）→

第三節　派生詞

　　加上接頭詞（接頭語）或接尾詞（接尾語）組成的詞，即由獨立詞與不能獨立的要素結合而成的詞，叫派生詞（派生語）。

1. 接頭詞

　　附在其他單詞前組成新單詞的不完整（即不能單獨使用）的詞叫做接頭詞。接頭詞一般說來帶有某種含義。

⑴　帶有形容詞性質的。

- 大（おお）—大さわぎ　大風　大みそか　大入り
  大味　大立者　大部屋　……（後續詞訓讀居多）

- 大（だい）—大建築　三大新聞　大暴落　大会社
  大人物　大吉　大好き　……（後續詞音讀的居多）

- 小（こ）—小雨　小道　小粒　小利口　小高い　こ

憎らしい　小走り　……（後續詞訓讀居多）

• 小（しょう）ー小劇場　小都市　小京都　小デューマ　小心　小党　小人物　……（後續詞音讀居多）

• 初（はつ）ー初春　初雪　初出勤　初売り　初物　初花　初仕事　初荷　初耳　初孫　……

• 初（うい）ー初産　初子　初陣　初学び　……

• 真（ま）ー真心　真人間　真夜中　真昼　真上　真夏　真顔　……

• まっー まっ黒　まっぴるま　まっただなか　まっ先　まっぱだか　まっ黄色　まっさお　……

• まん（真ん）ー まん中　まん丸　まん丸い　まん前　……

• 全（ぜん）ー全国民　全財産　全ページ　全日本選手権大会　全中国　……

• 生（き）ー生まじめ　生じょうゆ　生薬　生酒　生系　生娘　生一本　……

• 素（す）ー素顔　素手　素足　素肌　素踊り　素っ裸　……

• 片（かた）ー片腕　片手　片足　片いなか　片言　片端　片親　片時　片思い　片側　片方　片道　……

• かー か細い　か弱い　か黒い　……

• ほのー ほの暗い　ほの明るい　ほの青い　ほの赤い

ほの見える　ほの白い ……

- もの ─ ものさびしい　もの悲しい　もの静か　もの珍しい　もの足りない　もの憂い ……
- 新（しん）─ 新番組　新校舎　新社長　新勢力　新顔　新幹線　新建材　新語　新雪 ……
- 新（にい）─ 新妻　新盆　新学び　新島守　新枕 ……
- 名（めい）─ 名校長　名通訳　名投手　名刹 ……
- 各（かく）─ 各校　各学部　各戸　各人　各国 ……
- 諸（しょ）─ 諸君　諸兄（姉）　諸言語 ……

(2) 表示尊敬、鄭重（禮貌）的

- お ─ お顔　お知恵　お話　お寒い　お美しい　おひさしぶり　おあいにくさま　お父さん　おなか　おくつ　お菓子　お酒　お日さま ……
- 御（ご）─ 御心配　御機嫌　御本　御両親　ごあいさつ　ご遠慮　ごちそう　ごはん ……（後續詞音讀居多）
- 御（おん）─ 御礼　御中　御身　御もと　御文　御机　御社　御地　御もと ……

(3) 表示否定的

- 不（ふ）─ 不自由　不勉勉　不まじめ　不慣れ　不一致　不参加　不たしか　不景気　不条理 ……
- 不（ぶ）─ 不用心　不作法　不恰好　不器用　不細工　不調法　不精ひげ ……（後續詞音讀居多）

・非（ひ）─非常識　非科学的　非公開　非条理　非人道的　非住家 ……（後續詞音讀居多）

・無（む）─無資格　無関係　無理解　無関心　無反省　無利息 ……（後續詞音讀居多）

(4)　與接頭詞搭配時，也會有"連濁"現象。

・小＋さら→こざら（小皿）　小＋きれい→こぎれい（小奇麗）　小＋さっぱり→こざっぱり ……

・大＋とおり→おおどおり（大通り）　大＋降り→おおぶり（大降り）　大＋クマ→おおグマ　大＋かいしゃ→おおがいしゃ（大会社）……

・はつ（初）＋こおり→はつごおり（初氷）　はつ＋かお→はつがお（初顔）……

・うい（初）＋さん→ういざん（初産）

・き（生）＋くすり→きぐすり（生薬）　き＋しょうゆ→きじょうゆ（生醤油）

・す＋かお→すがお（素顔）　す＋て→すで（素手）　す＋はだか→すっぱだか（素っ裸）

・か＋ほそい→かぼそい（か細い）　か＋くらい→かぐらい（か暗い）　か＋くろい→かぐろい（か黒い）……

・ほの＋くらい→ほのぐらい（ほの暗い）　ほの＋しろい→ほのじろい（ほの白い）……

- にい＋つま→にいづま（新妻）
- もの＋かなしい→ものがなしい（物悲しい）　もの＋
  すき→ものずき ……

2. 接尾詞

　　附在其他單詞後組成新單詞的不完整（即不能單獨使用）的
詞，叫做接尾詞（接尾語）。接尾詞與接頭詞一樣，一般說來帶
有某種含義。

(1)　表示尊敬、鄭重（禮貌）的
- 様（さま）— 中村様　奥様　皆様　あちら様　お医者
  様　お子様　おつかれ様　世間様　神様 ……
- さん — 山田さん　花子さん　お子さん　お菓子屋さん
  魚屋さん　八百屋さん　運転手さん ……
- 君（くん）— 佐藤君　次郎君 ……
- 殿（どの）— 学長殿　課長殿　若林殿 ……

(2)　表示數量多的
- 方（がた）— あなた方　みなさん方　先生方　おふた
  り方　三人方（＝三人さん）……
- 達（たち）— 子供たち　仲間たち　親たち　君たち
  お前たち　女房たち　少年たち ……
- 等（ら）— お前ら　君ら　ぼくら　奴ら　それら　少
  女ら ……
- ども（共）— 私ども　手前ども　悪人ども　鬼ども

(3) 量詞的用法（參閱第三章5）

• 本（ほん・ぼん・ぽん）—數細長的東西，如：

木　柱　材木　鉛筆　筆　ペン　ネクタイ　ゆび　か

さ　なわ　ステッキ　テープ　ようかん　ビールびん

論文 ……

• 枚（まい）—數又薄又扁平的東西，如：

紙　写真　下着　シャツ　お皿　ガラス　板　ふとん

幕　レコード　田畑 ……

• 台（だい）—數較大型的機械、車輛等，如：

自動車　トラクター　旋盤　ミシン　テレビ　クーラー

カメラ　ピアノ　機械類 ……

• 冊（さつ）—數書、筆記本等，如：

本　雑誌　辞書　ノート　日記　芳名録 ……

• 部（ぶ）—數雜誌、報紙、小手冊等。

• 丁（ちょう）—數下列物品等：

はさみ　小刀　ほうちょう　かみそり　おの　といし

かんな　鉄砲　墨　豆腐 ……

• 個（こ）—數下列物品等：

コップ　茶わん　石ころ　荷物　くだもの ……

• 着（ちゃく）—①數服裝，②數賽跑等名次。

オーバー　コート　背広　シャツ　上着　ズボン／一着

二着　三着

• 足（そく／ぞく）—數鞋子、襪子、手套等成雙的物

品。

くつ　くつ下（した）　ストッキング　スリッパー　手袋（てぶくろ） ……

- 頭（とう）— 數大型獸類，如：
  牛（うし）　馬（うま）　象（ぞう）　河馬（かば）　キリン　ライオン ……

- 匹（ひき／びき／ぴき）— 數較小型獸類、蟲類、魚類，如：
  猫（ねこ）　犬（いぬ）　蛇（へび）　とかげ　すずめ　つばめ　ふな　いわし
  さば　はえ　ちょう ……（注）魚類用"尾"，鳥類用"羽"不容易混淆。"にわとり一羽（いちわ）／三羽（さんば）／はと四羽（よんわ）"。

- 羽（わ／ば／ぱ）— 數鳥和兔子，如：
  にわとり　はと　うさぎ ……

- 杯（はい／ばい／ぱい）— 數液體的杯、桶等盛器的內容物和魷魚、章魚，如：
  バケツ一杯（いっぱい）　さかずき三杯（さんばい）　コップ二杯 ……

- 隻（せき）— 數大型船舶。

- 艘（そう）— 數小型船舶。

- 基（き）— 數下列物品。
  核（かく）ミサイル　石塔（せきとう）　香炉（こうろ）　石油（せきゆ）タンク　エスカレーター
  信号灯（しんごうとう）　エンジン　顕微鏡（けんびきょう） ……

- 面（めん）— 數下列物品。
  鏡（かがみ）　額（がく）　碁盤（ごばん）　すずり　琴（こと）　琵琶（びわ）　運動場（うんどうじょう）　球場（きゅうじょう）
  トラック　プール　釣（つ）り池（いけ）　壁（かべ）　ふすま　（駅の）ホーム

舞台（ぶたい）……

- 張り（はり）—かや　すだれ　弓（ゆみ）　テント　ちょうちん……

- 通（つう）—數信件等，如：手紙（てがみ）　履歴書（りれきしょ）。

- 膳（ぜん）—數盛好的米飯和成雙筷子，如：ご飯一膳　箸（はし）二膳

- 把（わ／ば／ぱ）—數捆好的蔬菜、稻子、麥子等。ねぎ一（いち）わ　ほうれんそう三（さん）ば　セリ六（ろっ）ぱ……

- 束（そく）—數捆好的木柴、竹子等。

- 竿・棹（さお）—數衣櫥、旗桿等。

- 筋（すじ）—數道路、線兒等細長的。

- 軒（けん）—數房屋、戶。家（いえ）二（に）軒　・戶（こ）—數房屋。

- 階（かい）—相當於中文的"層"、"樓"。二階（にかい）　三階建て（さんかいだて）　地下三階（ちか）のビル

- 回（かい）—數次數。

- 坪（つぼ）—數土地面積用，一坪爲3.3 ㎡。

- 畳（じょう）—數榻榻米的張數。八畳の間（はちじょうのま）　四畳半（よじょうはん）の和室（わしつ）

- 座（ざ）—數劇團、神佛、座像和山。

- 卷（かん）—數書籍等。

- 目（め）—表示順序。三年目（さんねんめ）　二回目（にかいめ）　四球目（よんきゅうめ）　一番目（いちばん）　二日目（ふつか）……

・番（ばん）― 表示順序、等級。

一番ホーム　五番勝負　四番打者

(4)　用於造語，表示從事某項工作或職業等等的人。

・手（て）― 働き手　買い手　なりて　読み手　書き手

やり手……

・手（しゅ）― 運転手　交換手　内野手　らっぱ手……

・士（し）― 栄養士　弁護士　操縦士　機関士　修道

士……

・者（しゃ）― 賛成者　消費者　候補者　傍聴者　重

傷者……

・人（にん）― 使用人　案内人　見物人　通行人

受取人　管理人　支配人　保証人　料理人　貧乏人……

・人（じん）― 外国人　知識人　有名人　社会人

民間人　財界人　野蛮人……

・婦（ふ）― 看護婦　保健婦　炊事婦　付添婦　清掃婦……

(5)　表示某項費用。

・料（りょう）― 授業料　入場料　観覧料　科料……

・賃（ちん）― 家賃　手間賃　仕立賃　工賃　電車賃……

・代（だい）― ガス代　ふろ代　クリーニング代　部屋

代　酒代……

・費（ひ）― 光熱費　給食費　教育費　交際費　交通

費　運動費……

⑹　其他

• 屋（や）─くだもの屋　八百<ruby>屋<rt>や お</rt></ruby>　<ruby>肉<rt>にく</rt></ruby>屋　<ruby>植木<rt>うえ き</rt></ruby>屋　お<ruby>天<rt>てん</rt></ruby>
<ruby>気<rt>き</rt></ruby>屋　やかまし屋　<ruby>皮肉<rt>ひ にく</rt></ruby>屋　そば屋 ……

• 権（けん）─<ruby>所有<rt>しょゆう</rt></ruby>権　<ruby>選手<rt>せんしゅ</rt></ruby>権　<ruby>生活<rt>せいかつ</rt></ruby>権　<ruby>日照<rt>にっしょう</rt></ruby>権　<ruby>制海<rt>せいかい</rt></ruby>
権　チャンネル権 ……

• ぶり（振り）─<ruby>混雑<rt>こんざつ</rt></ruby>ぶり　あわてぶり　<ruby>生活<rt>せいかつ</rt></ruby>ぶり　<ruby>五<rt>ご</rt></ruby>
<ruby>年<rt>ねん</rt></ruby>ぶり　ひさしぶり ……

• 的（てき）（接尾詞）─<ruby>科学<rt>か がく</rt></ruby>的　<ruby>合理<rt>ごう り</rt></ruby>的　<ruby>家庭<rt>か てい</rt></ruby>的　<ruby>悲<rt>ひ</rt></ruby>
<ruby>劇<rt>げき</rt></ruby>的 ……

• 化（か）（接尾詞）─<ruby>機械<rt>き かい</rt></ruby>化　オートメ化　<ruby>映画<rt>えい が</rt></ruby>化
<ruby>中性<rt>ちゅうせい</rt></ruby>化 ……

• 性（せい）─<ruby>人間<rt>にんげん</rt></ruby>性　<ruby>確実<rt>かくじつ</rt></ruby>性　<ruby>植物<rt>しょくぶつ</rt></ruby>性　<ruby>可能<rt>か のう</rt></ruby>性　<ruby>安定<rt>あんてい</rt></ruby>
性　<ruby>生産<rt>せいさん</rt></ruby>性　<ruby>正当<rt>せいとう</rt></ruby>性 ……

第四節　略　語

1.　略語

　　本章第二節複合詞、第三節派生詞裡所講的，都是有關日語
的構詞法的問題。本節所講的略語又叫簡稱（<ruby>略語<rt>りゃく ご</rt></ruby>）是全稱的
簡化形式或縮略形式。縮略形式實際上包括複合詞和詞組。略語
或簡稱，實際上是現代日語構詞法中最主要的方法。日語的構
詞，特別是利用漢字的構詞，往往會構成很長的詞，對講話、書
寫都不方便。從歐美進入日本的外來語也一樣。這就是需要來一
個略語或簡稱的道理。如：

操業短縮→操短　早稲田大学→早大　農業協同組合
→農協　日本労働組合総評議会→総評　全日本産業
別労働組合会議→産別会議 ……

マスコミュニケーション→マスコミ　パーマネント
ウェーブ→パーマネント→パーマ　プラットホーム→
ホーム　アルバイト→バイト ……

這些略語或簡稱是怎樣簡略的？

2. 略語法

(1) 捨去部分詞形。

△捨去下面部分，如：

急行（列車）　慶応（義塾大学）　のこ（ぎり）　ゴム
長（ぐつ）　おみや（げ）　空巣（狙い）　交番（所）
砂利トラ（ック）　人寄せ場→寄せ場→寄席　マイク
（ロホン）　テレビ（ジョン）　アマ（チュア）　コネ
（クション）　コミ（ュニケーション）　チョコ（レー
ト）スローモー（ション）　リック（サック）　……

△捨去中間部分，如：

教育（過剰）ママ　高（等学）校　警（察）官　パト
（ロール）カー　全（線開）通 ……

△捨去上面部分，如：

（西）洋式　（アルミ）ニューム　（ダイナ）マイト
（ワ）ニス　（な）たねあぶら　（東）京（横）浜

線 ……

△複合詞中，取其一部分連接起來的，在現代日語裡甚多而且有增無減。

（航）空母（艦） 労（働）委（員会） （赤）血（球） 沈（降速度） 日（本）赤（十字社） 学（生）割（引き） 割り（前）勘（定） てん（ぷら）どん（ぶり） 軍（備）縮（小） 酸（素）欠（乏） 年（次）休（暇） ゼネ（ラル）スト（ライキ） エアコン（ディショナー） ラジ（オ）コン（トロール） ハン（ガー）スト（ライキ） アル（コール）中（毒） サラ（リーマン）金（融） スト（レプト）マイ（シン） ……

不僅單詞可以簡略，甚至較長的詞組也可以簡略。如：

なつかしのメロディー→なつメロ ちょいと借りる→ちょい借り とてもシャン→とてシャン ……

構成略語後，有的漢字的讀法要變，如：

東京横浜線→京浜線 京都・大阪・神戸→京阪神 労働組合→労組（ろうそ／ろうくみ） 早稲田大学→早大 ……

〔練習〕

講出下列複合詞的略語。

入学試験→ 短期大学→ 国民宿舎→ 国際

連合→　　化学繊維→　　特別訓練→　　電子計算
機→　　日本経営者団体連盟→　　うなぎどんぶり
→　　インフレーション→　　ダイヤモンド→

(2)　單詞以羅馬字第一個字母來代表，也是一種簡略法。
如：

日本放送協会→NHK
（にっぽんほうそうきょうかい）

東京電気株式会社→TDK
（とうきょうでんきかぶしきがいしゃ）

THE UNITED PRESS → UP

Military police → MP

Office lady → OL

Parent Teacher Association → PTA

也有從簡稱變成正式名稱的。如：

カネボー（←鐘が淵紡績株式会社）
（かね　ぶちぼうせきかぶしきがいしゃ）

テイジン（←帝国人造絹系株式会社）
（ていこくじんぞうけんし）

ユネスコ（← UNESCO ← United Nation's Educational,
Scientific and Cluture Organization）

日語構詞法有轉成（如：思う→思い）、複合（如：売り
買い）、派生（小川）、簡略（如：からっぽのオーケストラ
（おがわ）
→からオケ）等四種。從語種上看，和語詞的構詞能力遠不如
漢語詞強。但這並不是說和語詞的構詞能力已經到頂了。應該認
爲還有可觀的潛力。

① 和語詞取代漢語詞的。

お手伝いさん（←女中）　落ちこぼれ／落ちこぼし
（←落後／脱落）　お知らせ（←通達）　取り計らい
（←措置）　手当（て）（←治療）　川（←河川）
……

② 新的和語詞。

共働き　人づくり　町づくり　国づくり　ジャパゆき
さん　朝立ち　ずれこむ（＝景気が落ちこむ）　足切り
ガリ勉　ババ抜き ……

③ 不少和語詞也正在被外來語所取代。

髪型→ヘアスタイル (hairstyle)　見せ物→ショウ
(show)　贈り物→プレゼント (Present) ／ギフト (gift)
受け取り→レシート (receipt)　出し物→レパートリー
(repertory)　貸し付け→ローン (loan)　……

④ 盡管如此，漢語新詞也在不斷地增加。如：

発展途上国　花金気分　筆債　ひま地獄　民際外交
無印良品　萎縮診療　煙死　サラ金孤児　酸性雨
熟女　情報爆発　食材宅配業　森林浴　すき間産
業　生態学的難民　製品言語　族議員　泡沫経済
（会社・候補）……

第十章　慣用句和諺語

　　"行き帰り"、"飛び回る"、"行ってくる"、"困ってしまう"等這一類詞句，是由兩個以上的詞複合而固定了詞句，並已被廣泛地使用了。因此，從廣義上講，也應該說是慣用句。但本書所述及的是狹義的慣用句，不包括這一類複合詞。

第一節　什麼是慣用句

1. 慣用句

　　由兩個以上的詞搭配而成為一個整體，失去詞的原來含義，表示一個固定而又特殊含義的，叫做慣用句（慣用句）。這些慣用句，在句中不得隨便插進其他詞，而一般的句子則可以。這是慣用句的一個特點。如：

慣　用　句	一　般　的　句　子
猫をかぶる／裝老實、假裝不知	帽子を斜めにかぶる／歪戴帽子
腹が立つ／生氣	ほこりがもうもう立っている／灰塵飛揚
手を貸す／幫助	金を貸す／借給他人錢
（職をさがすのに）骨を折った／（為了找工作）費了很大力氣	（転んで）足の骨を折った／摔倒，腿骨折了
頭を掻く／搔頭（為了掩飾失敗）	頭をしきりに掻く／不停地搔頭
鼻を高くする／得意	鼻をなんとか高くしようと～／千萬百計地想隆鼻……

這裡舉一些慣用句（有底線的），如下：

- 気が付いたときは、もう<u>あとの祭り</u>だった／當我注意到
- 時，已經來不及了。
- そんなことは<u>痛くもかゆくもない</u>／那種事不關我痛癢。
- <u>うそ八百</u>を並べてごまかそうとする／滿口謊言，想要
  蒙混過去。
- 人がどうしようと、<u>大きなお世話だ</u>／不論我幹什麼，用
  不著你多管閑事！
- 結婚してもまだ<u>親のすねをかじっている</u>／結婚了還靠父
  母養活。
- 豪雪のため、列車は<u>軒なみ</u>延着した／由於大雪，所有
  列車都誤點了。
- あの人は<u>へそ曲がり</u>で、つきあいにくい／他那個人偏得
  很（＝脾氣古怪），不好相處。

上面例句中後面兩句裡的"軒なみ"和"へそ曲がり"也是
慣用句。這一類的慣用句不少。如：

犬死に／白死　馬の骨／不知哪兒來的一塊料（罵人話）
古だぬき／老奸巨猾的傢伙　猫舌／怕吃熱東西的人
頭割り／平分　顔ぶれ／參加的人們、成員　面よごし
／抹黑、丟臉　面当て／賭氣，諷刺話　鼻の先／近在眼
前　二枚舌／說謊話　頭から／一開始就 …… ，壓根
兒 ……

慣用句的第二個特點，是搭配詞的原義被擴張轉用做比喻，

或者是有的搭配不符合語法、邏輯。如：

- 油を売る／打混　道草を食う／在路上閒逛　ねこも しゃくしも／不管是誰 ……
- 無理からぬ／不無道理　負けずぎらい／好強　ごきげん ななめならず／興高釆烈 ……

慣用句的第三個特點，是口語化。因此，是富於平民化的語言，大量應用在日常會話以及廣播、電視、戲曲裡。

2. 慣用語

慣用語與慣用句不同。因為慣用語的構成並沒有完全產生新的含義，祇不過或多或少地擴大了點原來的含義而已。而搭配與慣用句一樣，是固定的。如：

もしもし／喂喂！　ごめんください／有人嗎？　本日は 晴天なり／今天是晴天。　見るもあわれな／叫人不忍看。 つべこべ言うな／說這說那的令人討厭。　なにがなにやら ／なにがなんだか／究竟是怎麼一回事？　ああでもないこ うでもない／這也不是那也不對。　ごちそうさま／謝謝您 的款待！……

第二節　慣用句的性質

(1)　整個慣用句，在含義上與單詞一樣。如：

慣　用　句	意義相同的單詞
腹（はら）を立（た）てる	おこる
肝（きも）をつぶす	おどろく
とらになる	ひどく酔（よ）う
とらの卷（まき）	參考書／あんちょこ
鶴亀（つるかめ）	長寿（ちょうじゅ）
虫（むし）がいい	身勝手（みがって）
頭（あたま）をかかえる	困（こま）り切る
頭に来る	かっとなる／しゃくにさわる
顔（かお）ぶれ	メンバー
面（つら）の皮（かわ）が厚（あつ）い	厚（あつ）かましい／ずうずうしい
口（くち）を割（わ）る	白状（はくじょう）する
歯（は）がゆい	もどかしい／じれったい

〔練習〕

一、用日語說明下列慣用句的含義。

　　①舌を巻く　②歯が浮く　③鼻が高い　④くちばしを入れる　⑤さじを投げる　⑥むきになる　⑦虫が好かない　⑧人を食う　⑨手をぬく　⑩骨を折る

二、請寫出與下列句子中的慣用句同一含義的單詞。

　　①荷物を運ぶから、手を貸してくれ。

　　②弟が満点を取ったので、お母さんは目を丸くした。

　　③腕相撲では、唐君に歯が立たない。

④やぶから棒にそんなことを言われても、返事のしようが
ない。

⑤開店と同時に、客は先を争って特売場へ向った。

⑥交渉をまとめるのに、骨が折れた。

⑦人の親切に礼も言わないので、腹が立った。

(2)慣用句裡的單詞不能用同義詞代替。

- 腹を立てたのか ――（×おなかを立てたのか）
- 道草をくう ――（×道草を食べる）
- 夏負けで、食が進まない ――（×食事が進まない）
- 知恵が回らない ――（×知恵が回転しない）
- 面の皮の厚い男だ ――（×顔の皮の厚い男だ）
- 彼女のおしゃべりは、とめどがない ――（×止める処が
ない）
- つかぬことをお伺いしますが、～（×つかないことを
～）

第三節　慣用句的分類

1. 如何分類慣用句？

　　可以從搭配慣用句的單詞的含義和該慣用句整個含義的關係
來分慣用句。

　　(1)　慣用句整句作為比喩的。

- 反省する気持ちが少しでもあれば許せるが、つめのあか

ほどもないよ／一點也沒有反省的心情。（比喩極少）
- のれんに<ruby>腕押<rt>うでお</rt></ruby>し、だよ。ぜんぜん<ruby>相手<rt>あいて</rt></ruby>にしてくれないよ／眞是豆腐上釘釘子，一點兒也不理我們。（比喩絲毫無效果）
- <ruby>息子<rt>むすこ</rt></ruby>のことで、<ruby>頭<rt>あたま</rt></ruby>が<ruby>痛<rt>いた</rt></ruby>い／爲兒子傷透腦筋。

以下是一種隱喻性慣用句，來自服裝、食物、建築、宗教、娛樂、人體名稱等等。如：

△來自服裝的

<ruby>袖<rt>そで</rt></ruby>の下を<ruby>使<rt>つか</rt></ruby>う／行賄　ひと<ruby>肌脱<rt>はだぬ</rt></ruby>ぐ／幫忙　たもとを<ruby>別<rt>わか</rt></ruby>つ／分手　ぼろが出る／露出破綻來 ……

△來自食物的

お茶をにごす／搪塞過去，敷衍了事　<ruby>味噌<rt>みそ</rt></ruby>をつける／捅了漏子　<ruby>食<rt>く</rt></ruby>ってかかる／（向 ……）頂撞　<ruby>煮<rt>に</rt></ruby>ても<ruby>焼<rt>や</rt></ruby>いても食えない／不好對付（的人），非常狡猾 ……

△來自建築的

<ruby>板<rt>いた</rt></ruby>ばさみになる／（夾在中間）左右爲難　<ruby>門前払<rt>もんぜんばら</rt></ruby>い／（吃／給吃）閉門羹　<ruby>縁<rt>えん</rt></ruby>の<ruby>下<rt>した</rt></ruby>の<ruby>力<rt>ちから</rt></ruby><ruby>持<rt>も</rt></ruby>ち／當無名英雄，起螺絲釘作用　お<ruby>門違<rt>かどちが</rt></ruby>い／認錯門（對象、人），怪錯人 ……

△來自宗教的

みこしをすえる／一屁股坐下來就沒有離開、回去的樣子　あとの<ruby>祭<rt>まつ</rt></ruby>り／馬後砲　お<ruby>百度<rt>ひゃくど</rt></ruby>を<ruby>踏<rt>ふ</rt></ruby>む／百般央求　<ruby>仏<rt>ほとけ</rt></ruby>の<ruby>顔<rt>かお</rt></ruby>も<ruby>三度<rt>さんど</rt></ruby>／人的忍耐是有限度的，事不過三　<ruby>火<rt>ひ</rt></ruby>の<ruby>車<rt>くるま</rt></ruby>／

（經濟狀態）極困難 ……

△來自戲曲等娛樂的

首にする／解雇　音頭を取る／領頭、倡導　らちがあかない／白搭，無法解決　ピンはね（をする）／從中揩油　買って出る／主動地承擔～ ……

△來自人體部位名稱的特別多

目鼻がつく／有了眉目　手を焼く／束手無策　歯牙にかけない／不足掛齒，不當一回事　身から出た錆／自作自受　骨抜きにする／抽掉主要內容，祇留下形式　口がうまい／能說會道　鼻であしらう／冷淡對待　胸を撫で下ろす／鬆一口氣，放心 ……

(2)　與單詞的含義全然無關的

• 自修時間に漫画の本を見ていたら、先生が入ってきたので、泡を食ってしまった／在自修時間看漫畫時，老師進來了，我慌極了。

　"泡を食う"表示"驚慌失措"，但此含義與"泡"、"食う"完全沒有關係。

• その程度の男なら、腐るほど居るよ／像他這一種程度的男人多得很呢。

• 部下が収賄罪で逮捕されたニュースを，局長は苦虫を噛みつぶしたような顔で聞いていた／局長像是吃了黃蓮似的板著臉，在聽取有關部下因受賄而被捕的新聞報導。

- 抜けるような青空の下で、秋の運動会が行われた／在晴空萬里的日子裡，舉行了秋季運動會。
- 念を押したら、必ず出席するよと言っていた／爲了愼重起見，我叮嚀了對方，對方卻回答說一定來出席。
- 馬鹿の一つ覚えで、宴会というと、いつも同じ歌ばかり歌っている／眞是“一條路跑到天黑”，在宴會上他總是唱著同樣一首歌。
- 彼は腹の太い男だ／他是個氣量大的男子漢。
- 左うちわで暮らす／不愁吃不愁穿地過日子。
- 間が悪い／尷尬。

(3) 祇有一個搭配詞的含義在慣用句裡出現的。
- 相撲を取って遊ぶ／摔交玩兒。

　　在這個慣用句裡，“取る”是“する”之意。但“取る”不能在別的慣用句裡取代“する”。如：“柔道をやる（する）”（×柔道を取る），“ピンポンをやる（する）”（×ピンポンを取る），“レスリングをやる（する）”（×レスリングを取る）。因此，這個慣用句兩個單詞中祇有出現一個詞的含義。

- あの二人はさっきから声を殺してなにごとか密談している／那兩個人壓低著聲音已經談了好半天了。（與“声を落とす”同，祇出現“声”一詞的含義）
- 息子は私の頭痛の種です／兒子眞叫我頭痛。（“種”一詞沒有出現在含義裡。）

- 今のぼくには、きみだけが<u>頼みの綱</u>だ／如今的我，祗有你是我的依靠了。（與“頼ることができる”同。“綱”的含義沒有出現在慣用句裡。）

- <u>付かぬこと</u>を伺いますが、〜／很冒昧，向你打聽一下。（與“関係のうすいこと”同。祗出現“こと”一詞。）

- 会長の<u>鶴の一声</u>で、計画が中止になった／由於會長的一句話，計劃就停止了。（與“権威のある人の一言”同。）

- <u>敵もさる者</u>で、そう簡単にはしっぽを出さない／他是個厲害的對手，不會那麼簡單地露出馬腳。（與“敵も手強い者”同。三個單詞中出現兩個含義。）

- <u>ねじがゆるんでる</u>から、遅刻をするんだ／你太隨隨便便，所以才遲到的。（與“気がゆるむ”同。）

(4) 有些單詞本身的含義不明，這種單詞祗出現在慣用句裡。

- <u>だらし</u>のないなりをするな／別衣著邋遢。（“だらし”的含義不清）

- リーグ戦の<u>火ぶた</u>が切られた／聯賽的序幕揭開了。

- 彼は相手の来るのを<u>手ぐすねを引いて</u>待ち構えていた／他摩拳擦掌等待對手的到來。

- <u>途方に暮れる</u>／走投無路，不知如何是好。

- 今更後悔しても<u>始まらない</u>／事到如今後悔也無濟於事。

・<ruby>愛想<rt>あいそ</rt></ruby>も<u>こ</u>そも<ruby>尽<rt>つ</rt></ruby>きはてる／已經受夠了。

〔練習〕

一、用與人體部位有關的名詞填入下列慣用句。

　　① （　）が高い　　② （　）がゆい　　③ （　）をやかせ

　　る　　④ （　）よりな話　　⑤ （　）が立たない　　⑥

　　（　）に余る　　⑦ （　）息が荒い　　⑧ （　）が固い

　　⑨ （　）を尽す　　⑩ （　）をそばだてる

二、將與下列句子中有底線的慣用句含義相同的詞的序碼填入相

　　應的句子後面的括號裡。

　　*1.*くるしんだ　*2.*すこし考えた　*3.*満足する　*4.*はらはら

　　する　*5.*せいいっぱい　*6.*大切

　　甲、どちらが勝つかと<u>息をのんで</u>見ていた。（　）

　　乙、そんなところが<u><ruby>関<rt>せき</rt></ruby>の<ruby>山<rt>やま</rt></ruby></u>だと思った。（　）

　　丙、彼は幼いころの思い出を<u>心ゆくまで</u>話して帰った。

　　　　（　）

　　丁、それを聞いて、わたしはちょっと<u>首をひねった</u>。

　　　　（　）

三、選擇下列句子下面最恰當的詞語，用序碼填入該句子後面的

　　括號裡。

　　甲、クラス雑誌の編集には<u>骨が折れる</u>よ。（　）

　　　　*1.*おもしろみがある　*2.*苦労する　*3.*指の骨が折れて

　　しまいそうだ　*4.*紙が折れ曲がる

乙、あの子はよく気がきく。（　）

    1.聞き返す　2.気があらっぽい　3.注意がゆきとどく

     4.あわてる

丙、ラジオの修繕（しゅうぜん）に半日をつぶした。

  （　）

    1.半日をついやした　2.半日でラジオをつぶした　3.

半日たのしんだ　4.半日苦しんだ

丁、兄はいちも弟の肩を持つ。（　）

    1.弟の肩をもんでやる　2.弟の肩を持ち上げてやる

    3.弟の立場で弁護（べんご）する　4.弟をかわいがる

戊、いま、いくら悔（く）やんでもあとの祭りだ。（　）

    1.あとでお祭りする　2.しかたないのだ　3.あとで努

力すればよい　4.手おくれだ

2. 慣用句裡的單詞

組成慣用句的單詞，有的含義同字面相近或相同。

寝る前に足を洗う／睡覺前洗腳。

こういう仕事からもう足を洗いたい／這種活兒我

再也不想幹了。

朝寝坊をして、バスに乗り遅れた／睡過了頭，沒趕上

公共汽車。

ファッションの流行では彼女は、バスに乗り遅れたこ

とがない／在追求時髦的服裝上，她從來沒落後過。

舟をこいで遊ぶ／划船玩。

授業中にこっくりこっくり舟をこぐ学生がいる／在上

課時，有的學生打瞌睡。

水差しに水を差す／往水瓶裡裝水。

人の話に水を差すな／不要對別人說的話潑冷水。

次の走者にパトンを渡す／把接力棒傳給接棒者。

仕事のパトンを渡す／交接工作。

〔練習〕

用下列慣用句造句。

1.荷が重い　2.油を売る　3.耳が痛い　4.水に流がす　5.
山が見える

第四節　慣用句的詞類結構

△名詞＋動詞

• （汚職の問題に）メスを入れる／（對貪污事件）"大
動手術"。

• またほらを吹いてる！／又在吹牛皮啦！

• しらを切る気か！／你別裝蒜！

• 恩に着るから頼むよ／托你啦，我會（對你）感恩的。

• 手塩にかけて育てた娘／一手拉扯大的女兒。

• 一生を棒にふる／斷送一生。

• そんなことをすると角が立つ／你那麼說會得罪人的。

- つい魔がさして、人の物を盗んでしまった／一時鬼迷心竅，偷了人家的東西。
- こんな失敗をやるとは、ぼくも焼きが回った／竟會弄得如此失敗，我可真不中用了。
- 面と向かうと、なにも言えなかった／當著面什麼也不敢講了。
- 金を山と積まれても、この土地は売りません／你付出堆積如山的錢，我也不賣這塊土地。

△名詞＋形容詞
- 久しぶりなので、敷居が高い／好久沒來拜訪你了，因此不好意思登門。
- 彼は顔が広い／他交際廣。
- 上を見たら、キリがない／往上比是無止境的。
- 往生際が悪いぞ／不死心嘛，還是怎麼的！
- この試合はこっちの分が悪い／這場比賽我方不利。
- ばつが悪い／不好意思。
- 腰が低い／為人謙和。
- 腹が黒い／為人陰險。

△名詞＋名詞
- お前はいいなあ、両手に花で／你可真好福氣啊，有美人左右相陪。
- 父に死なれ、続いて交通事故とは、泣きっ面に蜂というものだ／喪了父親又遇上交通事故，真是禍不單行。

- あの二人は実の兄弟なのに、月とすっぽんほど性格がちがう／兩人是親兄弟，性格卻有天壤之別。
- それはわたしには全く寝耳に水だ／那對我猶如晴天霹靂。
- 玉にきず／美中不足。
- 水と油／水火不相容。
- 虫の息／奄奄一息。
- 釈迦に説法／斑門弄斧。
- 出藍の誉れ／青出於藍而勝於藍 ……

△副詞＋動詞
- 彼の行動は世間をあっと言わせた／他的行動使世人大爲吃驚。
- 世間を甘く見る／把社會看得太簡單。
- 彼女のおたかくとまった言い方が、ぼくはきらいだ／我不喜歡她那種自以爲了不起的腔調。
- これでうまくいくよ／這樣就能順利進行了。
- とうやら一杯食わされたようだ／看來受騙了。

△同義（近義）詞＋同義（近義）詞
- 寄ると触わると事故の話で持ちきりだ／人們一碰見就在談論那一起事故。
- 当らず触らずのことを言う／講沒有妨礙的話。
- 寄ってたかってぶんなぐる／結伙打人。
- 不景気で業者は青息吐息だ／由於不景氣，業主們都長

吁短嘆。

- そんなことは痛くもかゆくもない／那種事兒不關我的痛癢。

- 世の中は持ちつ持たれつだ／人生在世上都是彼此依靠的。

△反義詞＋反義詞

- 人を上げたり下げたりするものではない／別把人又捧又貶的。

- あそこへ行ったのは、後にも先にもそれ一度だ／那個地方我衹去過一次。

- 彼はなんにも熱しやすく冷めやすい／不論對什麼事，他總是忽冷忽熱的。

- 伸るか反るかの勝負をいどむ／進行孤注一擲的挑戰。

- 花も実もある計らい／情理兼顧的處理。

- 体をこわしたら、元も子もない／身體弄壞了就沒有本錢了。

△以"ない"、"ぬ"、"ず"等否定語結束的。

- 一も二もなく承知した／二話沒說就同意了。

- 有無を言わせず引っ立てる／不由分說（把犯人等）押走了。

- 味もそっけもない年賀状／枯燥無味的賀年片。

- 試験はむずかしくて手も足も出なかった／考試難得簡直無從下手。

• 借金だらけで、もう<ruby>二<rt>に</rt></ruby><ruby>進<rt>ち</rt></ruby>も<ruby>三<rt>さっ</rt></ruby><ruby>進<rt>ち</rt></ruby>も行かない／債台高築，一籌莫展。

〔練習〕

一、按照上述分類法，對下列慣用句進行分類。

　　①夏休みで兄は、明けても暮れても本ばかり読んでいます。

　　②品物の質にピンからキリまであります。

　　③手を替え品を替えて宣伝する。

　　④マージャンに熱をあげる。

　　⑤先生のつるの一声で、サイクリング（＝自転車旅行）は中止になりました。

　　⑥あいて（相手）の裏をかく。

　　⑦煮ても焼いても食えない男。

　　⑧血も涙もないやり方。

　　⑨泣いても笑ってもあと一日です。

　　⑩是が非でも成功させたい。

二、下面都是常用的慣用句。請講出其含義。

　1.湯水のごとく使う　2.水に流す　3.<ruby>間<rt>ま</rt></ruby>がわるい　4.引っ込みがつかない　5.鼻つまみにされる　6.二の句が<ruby>告<rt>つ</rt></ruby>げない　7.取り返しが付かない　8.袖の下を使う　9.（人を）食い物にする　10.だらしがない　11.うだつが上がらない　12.なしのつぶて　13.手が込む　14.蛙の<ruby>面<rt>つら</rt></ruby>に水　15.手が<ruby>後<rt>うし</rt></ruby>ろ

－ 230 －

に回る　*16.*始末に負えない　*17.*気が気でない　*18.*うり二つ
*19.*大目に見る　*20.*ぐうの音{ね}も出ない　*21.*心が動く　*22.*焼石
に水　*23.*声をかける　*24.*口が重い　*25.*顔から火が出る

第五節　諺　語

1.　什麼是諺語

民族學的對象是：

⑴　有形文化，如：帶有民族色彩的工藝品、繪畫、彫刻、
建築等；

⑵　被稱爲口頭文學的語言藝術，如：民間故事、傳說、民
歌、民謠、諺語等；

⑶　民間信仰之類的心理現象。

因此，諺語等語言藝術，也是民族學的又是語言學的研究對
象之一。日本的諺語辭典收錄的，一般包括諺語、警句、名言、
成語、慣用句和慣用語。

那麼，什麼是諺語（ことわざ）呢？它必須是自古以來被人
們說慣了的詞語，寓有教訓、諷刺意味的短句、佳句。

甲、較典型的諺語，如：

- 犬{いぬ}も歩{ある}けば棒{ぼう}に当{あた}る／碰到意想不到的禍／常在外面走會
  碰到好運氣。
- 猿{さる}も木{き}から落{お}ちる／智者千慮，必有一失。
- 善{ぜん}は急{いそ}げ／好事不宜遲。
- 急{いそ}がば回{まわ}れ／欲速則不達。

乙、固定形式的比喻、警句，如：

- 泣きっ面に蜂／禍不單行。
- 宝の持ち腐れ／好東西藏著不用，如持糞土。
- 怪我の功名／僥倖之功。
- 岡目八目／旁觀者清。

2. 日語諺語的形式和比喻

(1) 諺語是由簡潔而有說服力、有時還很形象的語言組成的，而且由兩句組成的較多。如：

- なくて七癖（七音）／人至少有七個毛病、壞習慣。
- 旅は道づれ　世は情（七・五音）／出門靠旅伴，處世靠人情。
- さわらぬ神に　たたりなし（七・五音）／別引火燒身，敬而遠之爲好。
- ならぬ勘忍　するが勘忍（七・七音）／忍不下去還要忍才是眞忍。
- つるは千年　かめは万年（七・七音）／千年鶴，萬年龜。
- 背に腹は変えられぬ（五・五音）／祇能顧頭不顧腳。

(2) 語言要簡潔又要表示複雜的內容，因此，諺語一般採取比喻法。

- 風に柳（と聞き流がす）／當耳邊風。
- 蛙の面に水／毫不在乎，毫不介意。

- のれんに腕おし（＝糠にくぎ）／豆腐上釘釘子，白搭。
- 憎_{にく}まれっ子　世にはばかる／被人恨的人反倒有權有勢。
- 引_ひかれ者_{もの}の小唄_{こうた}／比喩"故作鎮靜"。

3. 諺語的種類

日本的諺語，就其機能來分類，可以分爲如下若干種。

(1) 攻擊和帶有批判性的。

- 蛙_{かえる}の子_こは蛙だ／有其父必有其子／烏鴉窩裡出不了鳳凰。
- 始_{はじ}めに二度_{にど}なし／（下棋等）下了算數，不得悔子。
- 医者_{いしゃ}の不養生_{ふようじょう}／行醫不養身。
- 盗人猛_{ぬすびとたけだけ}し（＝ぬすびとたけだけしい）／做壞事者反而強詞奪理。

(2) 屬於經驗教訓的。

- 暑_{あつ}さ寒_{さむ}さも彼岸_{ひがん}まで／熱到秋分，冷到春分。
- 渡_{わた}る世間_{せけん}に鬼_{おに}はいない／世上總有好人。
- 嘘_{うそ}つきは泥棒_{どろぼう}のはじまり／說謊是做賊的開始。
- 大苗_{おおなえ}に豊年_{ほうねん}なし／大秧不會有豐收。

(3) 比喩理所當然，帶有娛樂、遊戲性的。

- はっても黒豆_{くろまめ}／比喩"逞強硬嘴的人"。
- 犬_{いぬ}が西向_{にしむ}きゃ尾_おは東_{ひがし}／狗頭朝西，狗尾必朝東。
- 馬子_{まご}にも衣裳_{いしょう}／人是衣裳，馬是鞍。
- 大_{だい}は小_{しょう}をかねる／大能兼小。

4. 諺語與慣用句、成語

"四面楚歌"、"矛盾"、"背水の陣（をしく）"、
"いざ鎌倉"、"敵は本能寺にあり"等等，都是成語典故。日
語中的成語大部分來自中國。這一類成語，從結構上看是複合詞
或詞組，但從含義上看，可以看作慣用句。但成語又與諺語不
同，因為成語不帶有諺語的特徵，譬如比喻性等。

〔練習〕

用日語解釋下列成語的含義。

①応接に暇（いとま）なし　②顔色なし　③紅一点　④五
里霧中（ごりむちゅう）　⑤五十歩百歩　⑥蛇足　⑦玉に
瑕（きず）　⑧断腸（の思い）　⑨頭角（とうかく）を表
す　⑩春眠　暁（あかつき）を覚えず

第十一章　詞彙在發展

第一節　詞彙的變化

　　詞彙是語言中最活躍、最敏感的東西，是隨著時代的發展而發展，變化而變化的。有的詞語變成“廢話”不用了，有的詞語則增添了新義。但更多的是新詞大量出現。一句話，詞彙更多，更豐富了。這是爲什麼？因爲隨著科學、文化的不斷發展，在各個領域裡出現了許多新概念、新事物，人們的知識結構、生活結構更豐富、更複雜了。爲反映這種情況，詞彙也在不斷地發展著。

1.　廢語與古語

　　已經不用而且含義也變得不清楚了的詞語，叫做廢語（廃語・死語）。如：

　　玻璃（→ビードロ→ガラス）　アメリカ付け木（→マッチ）　舎密（→化学）　オランダ傘（→こうもり傘）
ポンチ絵（→漫画）　戦車（→特車）……

　　從前用，現在一般人幾乎不用的詞語，叫做古語（古語）。如：

　　あきず（→とんぼ）　あなた（→あちら）　かわず（→か

える）　いひ（飯）（→めし・ご飯）　ともし（→うらやましい）　いちしろし（→いちじるしい）　いましく（→しばらく）　あわれ（あ＋はれ→感嘆詞ああ→悲しい・かわいそう・みじめ）　いしいし（女房ことば）（→おいしい）　……

有些詞語雖不算古語，但有一部分較陳舊的也由新詞所取代。如：

官員→官吏→（国家）公務員　牢屋→監獄→刑務所
活動写真→映画　乗合自動車→バス　停車場→駅　かわや→トイレ　……

這就是說，有的詞在現代已不用或幾乎不用了。那麼，為了適應新時代的要求，怎樣發展詞彙呢？

2. 詞彙的發展

增加詞彙有如下三種方法。

(1)　按照第九章所講的構詞法造新詞。如：

半導体　集積回路　衛星中継　自動販売機　自転車操業　不快指数　教育ママ　裏口入学　民宿　給食　歩行者天国　……

(2)　利用原有詞，添上新義。如：

あした（朝→明日）　細君（自分の妻→他人の妻）　かしら（頭→上に立つ人）　女房（女官の部屋→そこに住む女官→妻）　気の毒（自分が迷惑、当惑する→他人に同

－236－

<ruby>情<rt>じょう</rt></ruby>する）……

(3) 利用外來詞語。如：

テレビ　パソコン　電子レンジ　ビデオ　セントラルヒー
ティング　レジャー　ジャンボ機　ジーンズ　エアコン
オンライン　ガイダンス　グローバル　コンサルタント
ステレオ　ソフトウェア　ハードウェア　ソーラーハウス
チェック・イン　チェック・アウト　チェーンストア　ブ
レーン　リクエスト　レンタカー　ローン……

第二節　詞形的變化

詞語隨著時代的變化，也會引起詞形和詞義的變化。詞義的
變化已在第二章第二節講過，本節祇講詞形的變化。一個詞一個
詞的詞形變化，也有不少類型。現將主要的列出如下。

(1) 祇發生發音變化的

△增添音節的 —— トビ（鳶）→トンビ　マシロ（真白）→
　　マッシロ　シカ（詩歌）→シイカ……

△脱落音節的 —— ハチス（蓮）→ハス　カヘルデ（楓）→
　　カエデ　イマダ（未ダ）→マダ……

△交替音節的 —— フタグ（塞）→フサグ　ツキタチ（朔
　　月）→ツイタチ　イオ（魚）→ウオ……

△音節的融合 —— ケフ（今日）→キョウ　カミベ（頭）→
　　コウベ　オヒト（夫）→オット……

△變化了音質的 —— タレ（誰）→ダレ　カカヤク（輝）→

カガヤク　イメ（夢）→ユメ ……

(2)　與含義、語法有連貫的變化的

△混淆含義的 ── アラタシ（新）＋アタラシ（惜）→アタ
ラシイ（新）

△單詞來源意識造成的 ── 一所懸命（いっしょけんめい）（"拼命"意識造成）
→一生懸命（いっしょうけんめい）　青新背（あおにひせ）（未成熟的年青人之意）→青二才（あおにさい）

△起因於語法變化的 ── ヌ（寝）→ネル　オク（起）→オ
キル　ウ（得）→エル　ヒロシ（広）→ヒロイ

△因同音衝突的 ── コ（子）→コドモ　コ（粉）→コナ
コ（蚕）→カイコ　コ（籠）→カゴ

　　引起這些詞語變化的原因，可分爲語言內在的原因和與語言
本身無關的外因。正是前一個原因，引起了構成詞彙的單詞詞
形、詞義的變化。這裡所講的外因，是指與外國語言的交流和地
區性交流而引起的詞語變化。如：

標　準　語	東　京　方　言
まっすぐ	まっつぐ
見つける	めっける
教（おし）える	おせえる
落ちる	おっこちる
片（かた）づける	片（かた）す
蒸（む）す	ふかす
ひびや	しびや

第三節 新詞與流行語

產生新詞最大的原因，是隨著社會的發展，新概念、新事物不斷的出現，其次是人們喜歡使用嶄新詞語的心理作用，特別是在流行語、商品名稱上，這種心理作用頗大。此外，流行語往往以文學作品的書名、電影的片名以及大事件、名人的話語而流行起來。流行語也是新詞的一種，但壽命大部分沒有新詞長。新詞與流行語往往是分不開的。

〔新詞〕

アパレル業界（ぎょうかい）／成衣業　インスタント食品　インターチェンジ　ウオークマン　ウルトラマン　エアコン　エコグッズ／生態產品　エステ／全身美容　オンライン犯罪（はんざい）　グルメ　嫌米（けんべい）／厭惡美國　コードレス電話　コンビニ（エンスストア）　桜前線（さくらぜんせん）／櫻花前鋒　さっぱり商品／爽身商品　サラ金（きん）　しゃべる機械（きかい）　熟女（じゅくじょ）　熟年（じゅくねん）　シルバーマーケット　ストレス　スナック菓子（かし）　ソフトウェア　ダイエット　宅急便（たくきゅうびん）　宅配便（たくはいびん）　つまみ食い（ぐ）　デジタル社会　伝言（でんごん）ダイヤル　トロピカルフルーツ　ニュースキャスター　根回し（ねまわ）／事前協調（じぜんきょうちょう）　ノンバンク　ハイジャック　這い（は）ずりペット／爬行寵物　バブル経済／泡沫經濟　パソコン　ひかえめ食品　ファコミ（←ファックス　コミュニケーション）　ファストフード　ファンジーブーム／模糊理論流行熱　ブッシュホン　フリーター　プログラマー

ヘッドハンター　ポテトチップス　マスメディア　万歩
メータ　むり若丸／指硬打扮成年輕的中年人　留守番電話
ワープロ ……

〔流行語〕

アバウト／大而化之（→馬虎、不負責任）　イートモ（←
《笑っていいとも》）　運命共同体／生死與共　おいし
い生活　オバサンボーイ　お不動さん／木頭人（指站在公
共車輛門口一動不動的人）　オヤッピー／吃老子雅痞　か
くれリッチ／深藏不露的富翁　かっこイイ！　がめつい
（←《がめつい奴》）　カワイイー　恐妻　激 ──
（如：激安）　ゴミ戦争　最高！↔最底！　じいや／糟老
頭 ── 症候群　シラける　セクハラ ──族　それな
りに　つまみ食い　トランタン／三十女郎　ナウイ　根暗
↔根明　話がピーマン　ハニワる／因掃興而默不作聲
ピッカピカーの一年生　フォーカスされる／名人有不良行
爲被曝光　ほとんどビョーキ　みじめみじめ　よろしいん
じゃないですか　ランチ難民　ルーツ　ルンルン ……

有的流行語生命力很強，已成爲普通詞。如江戸時代流行，
現已成爲普通詞的有：

- 伊達 ── 伊達者／俏皮人　伊達の薄着／俏皮人不穿棉
  伊達や粋狂じゃない／這可不是鬧著玩兒的！
- のろま ── 全くののろまだな、お前は！／你眞是個笨
  手笨腳的！　このののろま！／你這個笨蛋！

─ 240 ─

• 土左衛門
（ど ざ え もん）

第四節　標準語與方言

1.　日本的方言

　　日語的標準語，據說是以東京的 "山の手"（高崗地區）的
（やま て）
語言爲基礎的。日本在全國範圍內一貫以標準語進行學校教育，
又以標準語爲官方語言。因此，報章雜誌都以標準語書寫，全國
各地的人都能聽和書寫標準語。日語的特點之一，是各地方言的
差異甚大。例如，九州鹿兒島縣的人們相互之間使用的方言，據
說外縣人就聽不懂。

　　日本的方言可分如下四大體系：

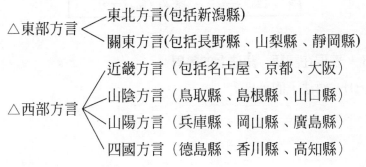

△東部方言 ── 東北方言(包括新潟縣)
　　　　　　　關東方言(包括長野縣、山梨縣、靜岡縣)

△西部方言 ── 近畿方言（包括名古屋、京都、大阪）
　　　　　　　山陰方言（鳥取縣、島根縣、山口縣）
　　　　　　　山陽方言（兵庫縣、岡山縣、廣島縣）
　　　　　　　四國方言（德島縣、香川縣、高知縣）

△九州方言
△琉球方言

2.　產生方言的原因和特點

　　△產生方言的原因有兩個：

　　地理條件 ── 古時地區之間交通不便；

人爲的條件 —— 封建制度時期長，藩主（即“大名”）封鎖領土，人們與他鄉人接觸說話的機會少。

△方言最顯著的差異，首先表現在音調（即アクセント）上，大致可分爲關東音調和關西音調兩大類。下圖箭頭表示音調的抑、揚、平等，類似漢語的平聲、上聲、去聲。

關　東　音	關　西　音
はな（鼻）↗	はな（鼻）・→・
はな（花）↗	はな（花）↘.
はし（橋）↗	はし（橋）↘.
はし（箸）↘.	はし（箸）↗
あめ（雨）↘.	あめ（雨）↗
あめ（飴）・→・	あめ（飴）・→・

3. 表現在詞語、語法上的差異

(1) 語法上的差異：

地區 語法	關　東　音	關　西　音	九　州　音
四段活用動詞的音便	払（はら）ッタ	ハロータ	ハラータ ハルタ
形容詞詞尾	〜イ・〜ク （例）よい・よく	〜イ・〜ウ （例）よい・よう	〜カ （例）よか
進行態	〜テル （例）なにしてる	〜トル （例）なにしとる	〜チョル （例）なにしちょる
指定助動詞	ダ・ダロウ （例）なんだ・なんだろう	ヤ・ヤロウ （例）なんや・なんやろう	ジャ・ジャロウ （例）なんじゃ・なんじゃろう
否定助動詞	ナイ （例）しない	ヌ（ン） （例）せぬ・せん	ヌ（ン） （例）せぬ・せん
否定過去時	ナカッタ （例）行かなかった	ナンダ （例）行かなんだ	ンジャッタ・ザッタ （例）行かんじゃった・行かざった

標　　準　　語	東　京　方　言
赤（あか）くて	あかくって
きてしまった	きちゃった
こない	きやしない・こやしない
そうだとすると	そうすると
くればいい	くりゃあいい
行けばいい	いきゃあいい
いらっしゃいませ	いらっしゃいまし
今から行っても間（ま）に合（あ）わない	今から行ったって間に合いっこない
おあがりなさい	ああがんなさい
そろそろ行かなくては	そろそろ行かなくちゃ
落第（らくだい）したら	落第したひにゃ
全（まった）く情（なさけ）ない	情ないったらありゃしない

(2)　詞語上的差異：

標　準　語	東京方言	標　準　語	東京方言
見（み）える	めえる	全然（ぜんぜん）	てんで
教（おし）える	おせえる	蝿（はえ）	はい
引き出し	しきだし	蛙（かえる）	かいる
新宿（しんじゅく）	しんじく	お前（まえ）	おまい
まっすぐ	まっつぐ	それなら	そんなら
落（お）ちる	おっこちる	この間（あいだ）	こないだ
余（あま）り	あんまり	同（おな）じ	おんなじ
やはり	やっぱし	鮭（さけ）	しゃけ
それでは	それじゃ		

小説《坊っちゃん》（夏目漱石）裡的東京方言例句：

- 勘太郎をつらまえて（＝つかまえて）やった。

- 兄はやに（＝ばかに）色が白くって（＝白くて）、〜

- やな（＝いやな）女が声を揃えて、〜

- 是から汽車で二里許り行かなくっちゃ（＝行かなくては）いけないと聞いて、〜

- 見そくなはれた（＝見損われた）事は随分あるが、〜

- バッタの癖に人を驚かしやがって（＝驚かして）、どうするか見ろと、「バッタた（バッタとは）」是だ、大きなずう体をして、バッタを知らないた（＝知らないとは）、何のことだ。

- 二階が落っこちる（＝落ちる）程〜

- 沢庵石をつけて海の底へ沈めちまう（＝沈めてしまう）方が日本の為だ。

(3) 與關西方言的比較：

標　準　語	關西方言（大阪・京都）
そうですか	そうだっか・そうでっか
それ，いくら？	それ，なんぼや（阪）
おもしろいね	おもろいね
どうも（ありがとう）	おおきに
ごちそうさま	ごっつおさん
いらっしゃいませ	おいでやす
失礼しました	どんなことでございました（女） えらいどんでした（男）
さようなら	おはようお帰りやす
すてる	ほかす（ほかしといて）
～です	～だす（阪）・～どす（京）
ございます	おす（阪）・おます（京）
見やしない	みやへん・めーへん
読んでいる	読んでやはる・読んでなはる
ああ，疲れた	ああ，しんど
だめだ	あかん
おろかもの	あほ
馬鹿くさい	あほくさ
えらいことだ・大変なことだ	えらいこっちゃ
妙（みょう）な・変な・おかしな	けったい
複雑（ふくざつ）だ・ごたごたする	ややこしい
（すぐ）帰るから	（すぐ）帰るさかい
（そこにある）じゃないか／ではないか	（そこにある）がな
～とも・～ても・～でさえも	（そんなことせん）かて（ええやないか） （今から）かて（おそいことあらへん） （見た）かて（かまへん）

第五節　語　源

　　什麼叫語源？語源是指已被忘記了的某詞的原義或起名法。如"まぶた"。"まつげ"的"ま"，原先是"目"（即眼睛）的意思，因此，"まぶた"是"眼睛的蓋子"即"眼皮"，"まつげ"是"生在眼睛周圍的毛"，即"睫毛"。可見，詞義與語源本來是密切地聯繫著的。

　　探求語源的目的有兩個：第一個是探求單詞本身，例如，為何狗和貓分別叫做"いぬ"和"ねこ"而不是別的什麼叫法。第二個是探求詞義的轉用，探明詞形的變化。

　　根據前輩學者研究的結果，可以歸納成如下幾點結論。

(1)　單詞語音和詞義的結合，帶有偶然性的頗多。

・アメリカインデイアン（哥倫布發現美洲大陸時，誤以為到達了印度，故起名為"インデイアン"即印地安人）。

・音痴（←"音楽的に痴だ"）

(2)　有的詞祇取原詞的某一點。如：

・着物←着る物　はさみ←はさんで切る刀）　太刀（←断つ刀）

(3)　有的詞義在理論上不大準確，甚至是不符合邏輯、反邏輯、超邏輯的。這一類詞無法查出其語源。如：

・飛んでもないことになったなあ＝飛んだことになったなあ／這一下可糟了。

・斜めならずよろこぶ／非常高興。

- 目がない／沒有眼力。
- おばあさんは孫<ruby>孫<rt>まご</rt></ruby>に目がない／祖母很疼愛（溺愛）孫子（孫女）。
- まっかなうそ＝全<ruby>全<rt>まった</rt></ruby>くのうそ／完全謊話，純粹是謊言。
- 手を焼<ruby>焼<rt>や</rt></ruby>く＝始末<ruby>始末<rt>しまつ</rt></ruby>に困<ruby>困<rt>こま</rt></ruby>る／束手無策。（“焼く”這個詞根本沒有“困る”的含義。）
- 肝<ruby>肝<rt>きも</rt></ruby>をつぶす／嚇破了膽。
- 肝をひやす／嚇了一跳。

從以上所述，可以看得出較多的語源是僅僅是以音和物的一點點的關係結合而成。因此，許多詞的語源是不清楚的。現舉一些語源較清楚的詞如下。

- 瀬戸物<ruby>瀬戸物<rt>せともの</rt></ruby>（原指在“瀬戸”製造的陶瓷。含義已擴大到指所有陶瓷品。）
- モシモシ（打電話招呼聲。由“申<ruby>申<rt>もう</rt></ruby>します，申します”而來。）
- みどりなす黒髪<ruby>黒髪<rt>くろがみ</rt></ruby>（“緑髪<ruby>緑髪<rt>りょくはつ</rt></ruby>”的訓讀為“みどりの髪<ruby>髪<rt>かみ</rt></ruby>”。）
- 鳴り物入<ruby>鳴り物入<rt>な ものい</rt></ruby>り（原義為由樂器伴奏給歌舞助興。轉而指大張旗鼓地進行宣傳。）
- 半畳<ruby>半畳<rt>はんじょう</rt></ruby>を入<ruby>入<rt>い</rt></ruby>れる（為了向演員表示不滿向舞台扔席墊。轉而指對別人的言行說奚落話。）
- 十八番<ruby>十八番<rt>おはこ</rt></ruby>（出自歌舞伎演員世家市川家叫座的拿手戲有十八齣戲。轉而指拿手戲。）
- 引っこみがつかない（意為欲罷不能，下不了台。）

- お前の出る幕ではない（原義爲不是你出場表演的時候。轉而指用不著你出頭露面。）
- つんぼ桟敷（さじき）（原義指劇場裡聽不大清演員台詞的座位。轉而指蒙在鼓裡，什麼也不知道。）
- ハッケヨイ（相撲用語。此詞來自“はっ、競えよ（きそ）”即“開始比賽！”。
- ひとり相撲（ずもう）（原義爲輕鬆地戰勝對方。轉而指唱獨腳戲。一個人瞎賣力氣。）
- 黒星（くろぼし）をつける（原義爲相撲比賽的結果被記上黑星記號即輸了。轉而又指失敗。）
- かまをかける（原義指相撲比賽時的一種技巧。轉義爲套人的話。拿話套人。）
- けりをつける（“けり”原爲文言助動詞。因“和歌”和“俳句”大都以“けり”結句，故表示“（問題）解決、了結”、“結束（工作）”。）
- さじを投（な）げる（“さじ”原爲醫生量藥用的匙子。“扔掉匙子”表示病危醫生也甩了手。轉義爲毫無辦法。）
- 口（くち）を切（き）る＝口切り（茶道用語。原義指在農曆十月舉行的新茶品茗“茶会”時，開新茶罐子，轉義爲先於別人開口說話。）
- 亭主（ていしゅ）（在“茶室”請客人品茗的主人。轉義爲主人、丈夫。）
- すきやき（すき焼き）（古時日本人認爲吃牛肉是一種罪

過。故有的人要吃牛肉時，則到野外偷偷地用“鋤”（鋤頭）烤來吃，故叫“すき焼き”。現轉義爲日式火鍋。）

- 冷めたい「出自“ツメ（爪）が痛い”。“爪”是指手指全部。因爲冬天冷水裡洗物時會感到“つめが痛い”即冷得手指發痛，後轉義爲冷。」

- あした（有“朝”和“明日”的意思。過了夜晚便是“朝”即早晨，又是“明日”即第二天。反過來講“ゆうべ”一詞，即是“夕方”即傍晚，又是“前夜”、“昨夜”即昨晚。）

- 人（出自“一”同一語源。因爲自古以來人類認爲人是萬物之靈，是第一位的，故有此說。英語的“one”也有“一個”和“人”的意思。如：only one即祇有一個、every one即每個人。

- 鏡（出自於“影見”。）

- 旗（來自擬聲詞“ハタハタ（ひるがえる）”。）

- 吹く（來自呼氣的聲音、擬聲詞“フー”。）

- 光（來自擬態詞“ピカリ（と光る）”。）

- 車（來自擬態詞“クルクル”轉動的樣子。）

- コワイ（“是は”的形容詞化。）

- おっかない（來自“おお、是は”＋“ない”）

- たらい（來自“手洗”，即“盆”之意。）

- 蛤（來自“浜栗”即“哈蜊”之意。）

- 破く（來自“やぶる”＋“裂く”）

- はち（鉢）（在原始時代，人們把頭顱叫做"鉢"，用來作盛食物的容器，故產生了"はち巻"、"はち合わせ"、"おはちが回る"、"はち植"等詞語。）
- 空き巣（原義爲"沒有鳥的空窠"，轉義爲"空き巣ねらい"即伺人外出時行竊的賊。）
- 火事（"火の事"的借用字，"火災"之意。）
- 返事（"返り言"的借用字。"回答"、"回信"之意。）
- ご馳走（"馳走"的原義爲"奔走"。因古時生產落後，缺少食物，因此要招待來客得到處奔走收集食品，現表示：①肴饌美酒，②以"ごちそうさま"形式，表示"感謝款待"的意思。）
- 後生（從原義"後世重新投胎"轉義爲"來世安樂"。現爲央求語，相當於"你積德修好"的意思。）後生だから，それだけはやめてくれ／我給你磕一個頭，千萬別那樣／求你啦，別那樣。
- 玄関（來自佛教的一派 —— 禪宗用語，意爲"幽玄の理"，即"進入深奧之道理的關口"。原義轉到禪宗寺門之門，後又轉爲一般住宅的門口。）
- 羽目をはずす（"はめ"爲套在馬嘴上的套繩。"はずす"與"放す"同。解開套繩，馬便可以隨心所欲。）
- 一点張り（來自賭博用語。原義爲"不管三七二十一，總是把錢壓在某個號碼上"。專做一件事，堅持一個意見到

底。）

"知らない""聞いたこともない"の一点張りで押し通<ruby>押<rt>お</rt></ruby>し<ruby>通<rt>とお</rt></ruby>
した／一口咬定地說"不知道"、"沒聽到過"。

研究語源的學問有語源學。語源問題也就是"語言之初"和
"語言之末"的問題。

外行對語源的解釋被稱爲語源俗解。因爲這種俗解不是語源
學正確的方法。例如，"ばか（馬鹿）"這個詞，往往被解釋爲
來自"指鹿爲馬"這句中國成語。其實漢語裡的這句成語沒有
"傻瓜"這個含義，而是秦朝的趙高在皇帝面前故意這麼說，以
試在座諸臣對自己是否順從。日語"ばか"這個俗語，來自梵語
"<ruby>慕何<rt>ばか</rt></ruby>"（＝痴）、"<ruby>摩訶羅<rt>まからら</rt></ruby>"（＝無知）。

— 251 —

附錄 從日語裡吸收的漢語外來語 （890個）

—（摘自《漢語外來詞詞典》上海辭書版社）

A

安打　安質母尼　暗示　奧巴桑

B

霸権　白金　白旗　白熱　白夜　百日咳　版画　半徑　半旗
飽和　保険　保障　悲観　悲劇　備品　背景　本質　比重　必
要　編制　變壓器　辯護士　辯證法　標本　標高　標語　表決
表象　病害虫　波長　舶來品　博士　博物　不動産　不景氣

C

才　財閥　財團　採光　參觀　參看　參照　蒼鉛　曹達　策
動　插話　茶道　長波　常備兵　常識　場合　場所　襯衣（←
シャツ）　成分　成員　承認　乘客　乘務員　呎　寵兒　抽象
出版　出版物　出超　出發點　出口　出庭　初夜權　處女地
處女作　儲藏　儲蓄　觸媒　傳染病　創作　刺激　催眠　催眠
術　膵臟　吋　錯覺

D

打消　大本營　大局　大氣　大熊座　大正琴　代表　代言人

代議士　貸方　單純　單利　單位　單行本　單元　但書　蛋白
質　導火線　道具　德育　登記　登載　等外　低調　低能　低
能兒　低壓　敵視　抵抗　地上水　地下水　地質　地質學　電
報　電波　電車　電池　電話　電流　電子　丁幾　定義　動產
動機　動力　動力學　動脈　動態　動議　動員　獨裁　獨占
讀本　短波　隊商　對象　對照　吨（←噸）

E

二重奏

F

發明　法律　法人　法庭　法則　番號　反動　反對　反感　反
射　反響　反應　泛神論（←汎神論）　泛心論（←汎心論）
范疇（←範疇）　方案　方程式　方式　方針　放射　非金屬
分解　分配　分析　分子　雰圍氣　風琴　風位　風雲兒　封建
封鎖　否定　否決　否認　浮世繪　服務　輻射　附着・附着
複式　復水器　復員　複製　副官　副食　副手

G

改編　改訂　概括　概略　概算　感性　幹部　幹事　幹線　綱
領　高潮　高利貸　高爐　高射炮（←高射砲）　高周波　歌劇
歌舞伎　革命　工業　攻守同盟　弓道　公報　公稱　公立　公
民　公判　公僕　公認　公訴　公營　公債　共產主義　共和
共鳴　古加乙涅（即"可卡因"）　古柯　固定　固體　故障
關係　觀測　觀點　觀念　觀照　光年　光線　廣場　廣告　廣
義　帰納　規范（←規範）　規那　規尼涅　規則　國際　國教

國庫　國立　國事犯　國稅　國體　過渡

H

海拔　寒帶　寒流　航空母艦　號外　和服　和文　黑死病　弧
光　虎列刺　化膿　化石　化學　化粧品　画廊　環境　幻燈
幻想曲　回收（←回收）　會話　會社　會談　混凝土　活躍
火成岩

J

機關　機關炮（←機關砲）　機械　積極　基地　基調　基督
基督教　基質　基準　吉地（←下駄）　集結　集團　集中　計
画　記號　記録　技師　加答兒　加非　加農炮（←加農砲）
假定　假分數　假名　假想敵　尖兵　尖端　堅持　檢波器　簡
單　見習　間接　間歇泉　間歇熱　建築　健質亜那　鑑定　講
師　講壇　講習　講演　講座　交感神經　交換　交際　交通
交響楽　膠着語　脚本　脚光　教科書　教授　教養　教育學
酵素　階級　接吻　節約　結核　解放　解剖　介入　借方　金
額　金剛石　金婚式　金牌　金融　金絲雀　緊張　進度　進化
進化論　進展　經費　經濟　經濟恐慌　經濟學　經驗　精神
景氣　警察　警官　浄化　浄琉璃　静脈　静態　競技　就任
拘留　巨匠　巨頭　巨星　具體　倶楽部　劇場　決算　絶對
覺書　軍部　軍國主義　軍籍

K

看護婦　看守　抗議　科目　科學　可鍛鑄鐵　可決　克服　客
觀　客體　課程　肯定　坑木　空間　會計　狂言　擴散

L

浪人 勞働 勞働者 勞働組合 勞作 累減 累進 類型 冷
藏 冷藏庫 冷戰 哩 理論 理念 理事 理想 理智 力學
立場 立憲 例會 連歌 量子 了解 列車 淋巴 臨床 領
海 領空 領土 流感 流體 流線型 流行病 流行性感冒
傴麻質斯 倫理學 論理學 論壇 論戰 落選

M

碼 麥酒 脈動 漫筆 漫画 漫談 盲從 毛細管 媒質 美
感 美化 美濃紙 美術 密度 密月 糧 耗 免許 民法
民主 敏感 明確 明細表 命題 默劇 默視 母體 母校
目 目標 目的

N

內分泌 內服 內閣 內幕 內勤 內容 內在 能動 能楽
能力 能率 擬人法 年度 農作物 暖流

O

偶然

P

俳句 派遣 判決 陪審 陪審員 配電盤 配給 批評 品位
平假名 平面 評價 坪

Q

旗手 騎士 企業 氣分 氣密 氣體 氣質 汽船 汽笛 契
機 牽引車 鉛筆 前提 前衛 錢 斩 瓩 強制 侵犯 侵
略 勤務 輕工業 清教徒 決算 情報 情操 驅逐艦 取締

取消　權威　權限　權益

R

熱帶　人格　人力車　人權　人文主義　人選　任命　日程　日
和見主義　溶媒　溶體　柔道　柔術　肉彈　入場券　入超　入
口

S

三味線　商法　商業　上水道　少將　少尉　社會　社會學　社
會主義　社交　社團　撮護線　身分　神經　神經過敏　神經衰
弱　審美　審判　審問　昇華　生產　生產關係　生產力　生理
學　生命線　生態學　剩餘價值　失戀　失效（←失効）　施工
施行　時計　時間　時事　時效（←時効）　實感　實績　實權
實業　使徒　士官　世紀　世界觀　市場　市長　事變　事態
事務員　手工業　手榴彈　手續　受難　輸出　輸尿管　輸入
水成岩　水密　水素　水準　私法　私立　思潮　思想　死角
訴權　素材　素描　素質　速度　速記　隨員　所得稅　所有權
索引

T

他律　塌塌米　台　台車　太陽燈　談判　炭酸加里　炭酸瓦斯
探海燈　探險　探照燈　特長　特權　特務　謄寫版　體操　體
育　天鵝絨　天主　條件　鐵血　通貨膨脹　通貨收縮　同情
統計　投機　投影　投資　圖案　圖書館　退化　退役

W

瓦　瓦斯　外分泌　外勤　外在　唯心論　唯物論　衛生　味之

素　胃潰瘍　尉官　温床　温度　文化　文庫　文明　文學　沃

度　沃素　無産階級　無産者　舞台　物理　物理學　物語　物

質　悟性

X

喜劇　系列　系數　系統　細胞　狹義　下水道　纖維　銑鐵

現金　現實　現象　現役　憲兵　憲法　腺　相對　想像　象徵

消防　消費　消化　消火栓　消極　小型　小熊座　小夜曲　校

訓　效果（←効果）　協定　協會　心理學　新聞記者　信號

信托　信用　興信所　猩紅熱　刑法　形而上學　性能　虛無主

義　序幕　序曲　宣傳　宣戰　選舉　旋盤　學府　學會　學歷

學士　學位　血色素　血栓　血吸虫（←住血吸虫）　巡洋艦

訓話　訓令　訓育　訊問

Y

壓延　壓延機　雅樂　亜鉛　研磨機　演出　演說　演習　演繹

演奏　燕尾服　羊羹　陽極　要素　野兔病　業務　液體　醫學

遺傳　義務　議決　議會　議員　議院　藝術　異物　疫痢　意

匠　意識　意義　意譯　因子　陰極　音程　銀行　銀婚式　銀

幕　銀翼　引渡　印鑒　印象　營養　影像　優生學　油槽車

游離（←遊離）　游弋（←遊弋）　右翼　語源學　預備役　預

後　預算　元帥　元素　園藝　原動力　原理　原意　原則　原

子　原罪　原作　猿樂　遠足　運動　運動場　運轉手

Z

雜誌　債權　債務　展覽會　戰線　哲學　真空管　陣容　證券

政策　政黨　支部　支配　支線　知識　直觀　直接　直覺　直
流　止揚　紙型　指標　指導　指數　窒扶斯　窒素　製版　制
裁　制限　制御器　制約　質量　中将　終點　仲裁　仲裁人
重曹　重點　重工業　軸接手　株式會社　燭光　主筆　主動
主觀　主人公　主食　主體　主義　注射　專賣　轉爐　資本
資本家　資料　紫外線　自律　自然淘汰　自由　自治領　宗教
綜合　總動員　総理　総領事　組成　組閣　組合　組織　最惠
國　左翼　作品　作物　作者　坐藥　座談

〔注〕

　　實藤惠秀教授認爲中國從日本吸收的詞語有 1063 個。《漢
語外來語詞典》裡收錄的有 890 個。下面 94 個詞語，一些日本學
者認爲是中國從日語吸收的。這些詞，《漢語外來詞詞典》裡沒
有。現列舉如下，以做參考。

B
被動　報告　保證　百貨店　病理學

C
傳統　財政學　處刑　材料

D
低潮　低温　單子葉　調節　鬪争　電氣　地理學　地球　動物
學

F
方法　法學

G

高壓　高溫　官能　公開　觀察　改造

H

活動　歡送

J

解散　解決　解剖學　軍事學　經理　講義　金庫　技術　交易
假設　強化

L

立法　劣勢　聯繫　聯絡

M

民族　民族學　美學

N

軟化

P

破產

Q

請求

S

手段　算術　双子葉　石油　三輪車　失踪　試驗　說教　數學
實驗

T

坦克　天文學　提案　討論

W

維他命　温情主義　無機

X

協議　行政　新聞　學術

Y

硬化　優勢　印刷品　園藝學　隱居　演習　意見　意味　藝術
宇宙　引力　液體　有機

Z

作用　植物學　脂肪　粘液　作戰　住所　蒸發　職員　政府
重力　支持

作者簡介

姓　　名：李進守

性　　別：男

出生年：1927年生

籍　　貫：台灣省台南縣

學　　歷：日本、早稻田中學校（舊制）、早稻田大學商學系（舊制）業。

專　　長：日語詞彙、日語語法、日語教學

主要經歷：上海外國語學院（現爲上海外國語大學）教授。在職期間擔任過教育部（現爲國家教育委員會）外語教材編審委員會第一屆委員兼任日語組副組長、上海市教授職稱（外語學科）評審委員、中國日語教學研究會第一任副會長等職務。

　　　　　退休後、在早稻田大學文學系大學院研究一年，此後在大東文化大學外語系任中國語教師並在外語學院任日語教師約7年。

主要著作：『日語會話』（上海譯文出版社）、『日語5000基本詞詞典』（上海外語教育出版社）等，以及有關日語詞彙、語法論文多篇。

譯　　書：『中國陶磁』（日本美乃美、上海人民美術出版社）、『鄭板橋外傳』（日本公企出版）、『沒有橋的河』第一、第二部（上海譯文出版社）。

國家圖書館出版品預行編目資料

現代日語詞彙教程／李進守編著
--初版.---臺北市：鴻儒堂, 民89
　　面；　　　公分
　　ISBN 957-8357-21-4（平裝）

1.日本語言－詞彙

803.11　　　　　　　　　　　　　89002385

現代日語詞彙教程

定價：200元

中華民國八十九年三月初版一刷
本出版社經行政院新聞局核准登記
登記證字號：局版臺業字 1292 號

編　　　著：李進守
發　行　人：黃成業
發　行　所：鴻儒堂出版社
地　　　址：台北市中正區 100 開封街一段 19 號 2 樓
電　　　話：二三一一三八一〇・二三一一三八二三
電話傳真機：二三六一二三三四
郵 政 劃 撥：〇一五五三〇〇一
E － mail ： hjt903@ms25.hinet.net

本書凡有缺頁、倒裝者，請向本社調換